葉擦れて
早咲きなる
筆立て

紀島 愛鈴

粛粛たる若年

街子の髪がなびいている。風は強くはないが、弱く吹いている。街子は、高校を卒業してから数か月たった。実は大学を落ちてしまって、浪人中なのである。一年間、勉強以外は暇なので、買い物に出かけた。今日はいつも着る服を買いに行く。ショッピングモールに電車で行く。お気に入りのお店があるので、そこに行くことにした。財布には五千円ほど入っているので、一着は買える。そんなにまとめ買いはしない。今日は雨は降っていない。雨が降ると気分が落ちてしまうが、今日は平気である。大学は高望みをして、偏差値の高いところばかりを受けた。それが仇となって、すべて落ちてしまった。大人になってから良い人生を送りたい、そう思って、偏差値の高い所ばかりを受けた。自分の偏差値はそれよりも低いので、落ちるのは分かっているようなものであった。低いところも受ければ良かったな、そう後悔している。

受験勉強はとにかく一生懸命していた。参考書を何冊も買ってきて一読したり、問題集を解いたり、とにかく一年間は勉強ばかりをしていた。英語は苦手なので、とにかく書きながら、覚えていった。単語を覚えるのがとても苦手なので、頑張って勉強していた。

希望は文系である。一つの道を選ばなくてはならないので、それは苦労していた。自分のやりたいこと、望みなどを叶えるために、大学の学部をどれにしようかと悩んでいた。どういうことでも対応できるように、教養学部などにすることにしたのだ。これからの人生を豊かに生きるために高卒というのは避けたかった。それで大学進学希望にしたのであった。

それなのに、今年の受験はすべて落ちてしまった。今日は気晴らしに買い物に行くのである。街子は電車に乗って二駅先の、ショッピングモールに行く。お気に入りのお店でバーゲンがあるので、それに参加する。バーゲンではスカートなどが半額になるらしい。もともとがそんなに高いものではないので、半額というのは激安である。その激安のスカートを買うというのが目的である。

バーゲンだからといって、そんなにまとめ買いはしない。こまめにお店に行くので、まとめ買いの必要はない。しかも親からもらっている月一万円のお小遣いと少しのアルバイトのお金しかない。それで買うわけである。親からは月一万円のお小遣いをもらっている。それだけでは足りないので浪人中ではあるが、アルバイトをしている。

激安のスカートは満足いく品物である。激安だからといって、駄目なものでもない。高校では制服があったので、卒業してしまった今、必要なのは洋服である。

高校のころは、五枚くらいあった洋服を休日に着ているだけであった。あまり洋服を持っておらず、卒業してからは洋服が必要になったわけである。

今日行く、バーゲンでは、半額のスカートを買う予定である。電車から降りて、人混みを歩いて、お店まで行く。途中の宣伝の看板などが気になってしまうが、それを見ながら歩いて行く。宣伝の看板には有名なアーティストのライブの告知があった。この人ライブするんだな、そう思って、歩いていた。ライブは大きなアリーナでするらしい。そんなに人が来るのだろうか、そう街子は疑問に思ったが、今歩いていても人は多い。それならば、たくさん来るんだろうな、そう感じた。そのライブには少し行ってみたい。きっとチケットは売り切れになってしまうだろう。その看板が気になっているが、とにかくショッピングモールまではもう少し歩かなくてはならない。見ると、美味しそうなシュークリームのお店があった。街子はそのシュークリームが食べたくなったので、お店に行く前に、シュークリームを買って食べることにした。

「いらっしゃいませ」

シュークリームのお店の店員が言う。

「一個ください」

「三百円です」

シュークリームを買ってしまった。すぐに食べてしまう。甘いシュークリームは街子にとって、とても嬉しいものである。

お店まではもう少しなので、財布の中を確認した。五千円入っている。歩いていると、こんなに人が多いのだろうかと驚いた。

お店ではバーゲンをもうやっている。いろいろなものが半額くらいになっている。どれもこれも欲しいものばかりであるが、今日はスカートを買う予定である。

水色のフレアースカートがとても可愛い。こちらにある、茶色のタイトスカートも可愛い。とても目移りしてしまう。どちらも半額で、一枚千円くらいである。サイズがどうかわからないので、どちらも試着してみることにした。

「すみません。試着したいんですけど」

「いいですよ。こちらへどうぞ」

店員は丁寧に案内してくれる。街子は標準体型であるが、少し身長が高いほうなので、スカートの長さが気になる。着て見れば分かることなので、試着してみる。

着てみたところ、どちらのスカートもサイズがぴったりであることが分かった。一枚買う予定であったが、どちらも可愛いので、両方買うことにした。しかも半額であるので、二枚買っても二千円である。五千円は持っているので、余裕である。

「これとこれの二枚ください」

街子はレジで言った。

「今日は半額ですので、二千円になります」

やはり二千円であった。そんなに凄く高いわけでもなく、スカートが二着も買うことが出来た。それでも街子の小遣いとバイト代はそんなに高いわけでもないので、高価な買い物である。小遣いとバイト代を合わせて一か月五万円くらいである。

その中からの二千円なので、高価なものである。それでも洋服がそんなにないので、買わなくてはならない。上に着るシャツなども欲しくなった。今日は半額である。シャツなどを見ていると、半額で五百円くらいになっている。財布にはまだ三千円ある。五百円のシャツも買おうかと思った。そういえば、洋服が全くといっていいほどないので、買ったほうが良い。シャツも買うことにした。

「追加でこのシャツもお願いします」

街子はシャツも買ってしまった。合計で二千五百円の買い物である。結局三枚も洋服を買ってしまったが、だいたい洋服がないので、よいのである。やっと着るものを手に入れた、そう思って嬉しくなった。このシャツとスカートはとてもよく似合う。しかも、街子にぴったりのものである。それが半額で買えるので、またバーゲンをすることがあったら来ようと思った。小遣いは一万円で、あとの四万円はアルバイト代である。

アルバイトはファーストフードでしている。四時間くらいで週に何日か入っている。それで一か月の給料は四万円。アルバイトなので時給である。時給は高いとは言えない。浪人しているので、勉強と両立していかなくてはならないので、そんなにアルバイトも出来ない。

アルバイトばかりになってしまったら、大学に行かなくなってしまうのではないか、そう思って怖いのである。

――絶対大学に行きたい

街子はそう思っている。高卒にはなりたくない、大学出て、幸せな人生を送りたい、そう願っている。これからの長い人生を、幸せなものにしたいので、大学に絶対に行きたいのである。別にそんなに高学歴ではなくてもよい。とにかく大学に行きたいのである。

毎日勉強しているが、やはり英語が苦手である。どうしても単語が覚えられない。外国語であるということで嫌な気分にもなっている。英語で苦労しているが、その他の教科も大変である。大学に行くレベルというのは結構高いレベルである。中学校くらいのレベルでは到底駄目なものである。偏差値が高いと問題も難しいので、低いところを狙うことになるだろう。

買い物は出来たので、帰ることにした。あまりお小遣いもないので、しばらくは買わない。

電車に乗って家に帰る。

帰り道で、美味しそうなフルーツジュースのお店があった。美味しそうだなと思って、フルーツミックスのジュースを買うことにした。

「これ一杯ください」

「三百五十円です」

フルーツミックスのジュースは美味しそうである。スタンドであるが、テーブルがあるので、そこで飲んでいくことにした。

ジュースを飲んでいると、となりに高齢の女性の二人組がきた。

「この間、病院行ってきた」

「どうだった」

「検査したけど、一応平気だったよ」

「でも心配ね」

「そうね、症状は落ち着いているけどね」

高齢の女性ははぁとため息をついた。女性のお友達は心配そうである。

「足がふらついて、どうしようもなかった」

「それは大変ね」

「足も弱っているから、それもあるけれど」

「歳だからね」

「そうなんですよね」

「歳には勝てないです」

「もうしょうがない」

「杖を買った方がいいかもしれない」

「病院には行ったけどね」

「整形外科なのかな」

「いや、どこにいけばいいのか分からないの」

「だから大きな病院に行ってきた」

高齢の女性は、話をして少し安心した様子であった。

「一人暮らしなものでね」

「こうやってお友達とお話するのがいいのよ」

「そうなの」

「一人はとても寂しいから」

「夫が亡くなっているからね」

「もう何年になる？」

「五年くらいかな」

「五年も一人じゃ、寂しいわね」

一人暮らしである高齢の女性は、寂しさを紛らわすためにお友達と会っている。夫に先立たれて、一人なので、家には自分以外誰も居ない。子供も独立している。歳を取っているので、日ごろは仕事などはしておらず年金ぐらしである。年金で十分生活が出来るので、仕事はしていない。

高齢のために足がふらつく。

「病院で相談しても歳には勝てないわね」

「そうね」

「検査はしたけどね」

「高齢なだけだよ」

「そうね」

「足がふらついて、杖がいるから買わないと」

「もう夫もいないから一人で頑張らないと」

「私に相談してね」

若い頃に貯めていた貯金があるので、年金とそれで生活は出来る。もしかすると、老人ホームに入らなくてはならないかもしれない。

「何千万かあるからそれで老人ホームに入ればいいのかな」

「そうね、体が動かないならね」

「介護してもらわないといけなくなるかも」

「寝たきりだとね」

「年金で老人ホームに入れればいいんだけどね」

高齢の女性は友達と話して安心した様子である。街子はその様子を見ていて、私はまだ先のことだな、そう思った。街子はジューススタンドで、ジュースを飲んで、立ち去った。

――今日は洋服も買えたし嬉しいな
街子はそう思って、他の店にも行ってみることにした。

アルバイトをしている街子であるが、アルバイトに必要なものもある。アルバイト先に行くのにバックがいるので、それを見て行くことにした。ファーストフードでのアルバイトはもう数か月くらいしている。初めは何も分からなかったが、最近は慣れてきた。アルバイトに行くためのバックを買うことにした。

お店をみていると、バックが意外と安い。普通の布地のバックならば、千円からある。いろいろ見てみることにして、お店に入った。

「これ可愛い」

可愛いキャラクターの絵が付いているバックを手に取った。大きさは十分である。これがいくらか見てみたら、千二百円であった。これくらいの値段ならばいいな、そう思った。

「この千二百円のものにしようかな」

他のものも見てみることにした。ちょっとハイソな、高級感があるバックは三千円になっている。これでは少し高い。でもこの高級感ある感じが良い。素材はビニールであるが、見た目は高級感がある。アルバイトにもっていくには少し勿体ない。安いものでいいような気がした。

「これ高そうだけど、いくらだろう」

値段を見てみると四千五百円になっている。

「これは高い」

思わず言ってしまった。いろいろ見てみて、白地がいいと思った。白地の普通のバックは千円であった。

「これなら安いし良い」

アルバイトに持っていくためなので、そんなに高いものは要らないと思った。白地の普通のバックをよくよく見てみた。

「少し大きいかな」

白地のバックは少し大きめである。これならばなんでも入りそうである。

この千円のバックに決めてレジに持っていった。

「これください」

「千円です」

「今、スタンプを集めると景品がもらえます」

「そうなんですか」

「このスタンプを集めてくださいね」

そう言って一枚のカードを渡してくれた。

「ここ来て買っていけばスタンプ一個なんですか」

「そうですね」

街子はスタンプを集めようと思った。でもアルバイトのお金くらいしかないので、あまり買うことが出来ない。

「景品ってなんですか」

「景品は硝子(がらす)のコップです」

景品は硝子のコップなので、もらっても、実家暮らしの街子にとっては、あまり興味のないものである。千円のバックを買うことが出来て、街子はとても満足した。

そろそろ店を出て、家に帰ることにした。明日はアルバイトである。ファーストフードのアルバイトは四時間くらいで、主にレジをしている。四時間くらいで、週三日くらい行っている。それで四万か五万くらいになる。実家で浪人生をしている街子はアルバイトをしている時間以外は勉強をしなくてはならない。拘束時間は四時間なので、帰ってから、勉強することが出来る。苦手な英語を重点的にしなくてはならない。街子にとって英語はとても難しい。高得点をとるのがとても大変である。明日はアルバイトである。

朝、起きるととても良いお天気であった。傘はいらないので、嬉しくなった。アルバイトは朝十時から午後二時までなので、家を朝九時半に出る。まだ朝七時くらいであるので、時間がある。朝食を母に作ってもらうので、自分で作ることはない。母は四十五歳である。母が作った朝食はいつも美味しい。文句を言うことは一切ない。今朝は、パンと目玉焼きとフルーツである。それを母が用意してくれるので、街子がすることはない。街子は母に言った。

「このバナナ、ちょっと古くなってない？」

「そう？」

「そのほうが美味しいけど」

「ごめんね」

「今日はバイトだから九時半に家出るからね」

「わかったよ」

「お昼は帰ってから食べるから、置いといて」

午後二時くらいにはバイトが終わるので、それからお昼を食べる。お昼は母に作ってもらっている。いつも、麺類が多いので、うどんとかであるとのびてしまうが、それでもいいので、作ってもらっている。

「今日はバイト帰ったら、お昼よろしく」

街子は母に言った。

バイトはとても楽しいので、苦にはなっていない。ファーストフードのバイトなので、給料はとても安いが、それでも浪人中の街子にとっては、良い仕事である。だいたい勉強をメインにしていかなくてはならないので、あまり仕事のほうに気がいってはいけない。少しアルバイトをしているというのが丁度いいのである。

そろそろアルバイトに行く時間である。この間買ったバックにいろいろ詰め込んで、アルバイトへ行く。ファーストフードは歩いて十五分のところにある。アルバイトを始めた頃は仕事が何も出来なかった。いろいろ教えてもらって、やっと出来るようになったのである。十五分歩いて、ファーストフードの裏口に来た。裏口から入ることになっている。あと十分でレジに立たなくてはならないので、急いで着替える。一応、制服のようなものがあるので、それに着替える。アルバイトが待機するところには、着替えるスペースがあり、そこで、制服に着替える。十分で用意して、レジに向かう。タイムカードのようなものがあるので、それも機械に通す。レジではお客さんが並んでいる。

「いらっしゃいませ」

街子はいつも通りに言った。

「これください」

「エスとエムとエルがありますが」

「エムでお願いします」

ドリンクのエムサイズをレジに打つ。レジをするというのは教えてもらって、出来るようになったものである。受け取ったお金もおつりも間違えてはいけない。

「ありがとうございました」

商品を渡して、次のお客さんである。結構並んでいるので、次から次へとお客さんが来る。

「いらっしゃいませ」

「このセットを二つください」

「飲み物は何にしますか」

「紅茶で」

お客さんは普通に対応してくれる。あまり変なことはない。お客さんはごそごそと財布からお金を出している。

「千二百五十円です」

「これで」

お客さんは二千円を出した。おつりを間違えてはいけない。しっかり確認して、おつりを渡した。レジというのは便利に出来ている。入力も簡単である。覚えてしまえばそんなに難しいことはない。わからないことがあればリーダーに聞けばすぐに分かる。初めは、あまり分からずいろいろ聞くことも多かった。色々教えてもらって、レジが分かるようになった。もうしばらく経っているので、得意になっている。

接客は何を言えばいいのか、教えてもらった。マニュアルがあるので、それに従って、接客をしている。接客の言葉も最初はしどろもどろになっていたが、もう慣れている。イレギュラーなことがあればリーダーに聞く。おつりが足りないとかそういうことがあれば、それもリーダーに相談していく。メニューをそろえていくのも簡単である。出来上がったものを、そろえて並べるだけでいいのだ。アルバイトというのはそういうものだ、街子はそう思っている。

とにかく仕事を覚えるまでは一週間くらいはかかった。初めての仕事でもあるので、様子もあまり分からない。シフトの入れ方も良く分からない。でもやっているうちにいろいろなことが分かってきて、今ではかなり詳しくなっている。ファーストフードのアルバイトは街子にとってはとても楽しいものになっている。お客さんというのは一日に二百人くらいは来る。それをいちいち対応していかなくてはならないが、それももう慣れてきている。二百人もお客さんが来るということをやってみて初めて分かったのだが、あまり変な人は居ない。ファーストフードであるということが、ただ注文するだけのことが多く、イレギュラーなことはあまりない。分からないことがあればリーダーに聞くが、そういうこともあまりない。

お客さんがやってきた。

「このセットください」

「飲み物は何にしますか」

「コーラで」

「七百円です」

「お持ち帰りですか」

「いえ」

「こちらにずれておまちください」

数分でセットはそろうので、すぐに渡すことが出来る。おつりを間違えてしまうと、後で、とても問題になってしまう。間違えないようにしなくてはならない。ファーストフードの店内というのはとても活気がある。席について食べているお客さんもとても賑やかである。

「この間の期末テスト、平均点くらいだった」

「そうなの」

「これなら志望校大丈夫だと思う」

「そう」

どうやら中学生らしい。学校の帰りに食べている様子である。

「部活も最近休みがちなんだよ」

「なんで？」

「なんか行きたくない」

「そうなの」

中学生は食欲旺盛なので、セットとその他にもデザートなどを頼んでいる。きっと帰ってからも夕飯を食べるのであろう。

「部活が忙しくて、勉強があまり出来ない」

「どうするの」

「そうなんだよね。高校入試も近づいているし」

「いいところ行きたいよね」

「そうだね。私立になったらしょうがないね」

「そういうこともあるよ。その人にいいところに行くから」

「そうだね。公立が合わない人もいるからね」

中学生はいろいろ考えている。

「高校入試が緊張する」

「私も」

「でも、だいたい予想はつくけどね」

「そうだね」

「勉強が大変だから、部活休もうかな」

「それがいいかも」

「一日くらいはいいよね」

「そうだね」

「この間の数学のテスト、何点だった?」

「五十四点」

「えっ、そんななの」

「そう」

「私なんか八十五点だったよ」

「えっ」

中学生はハンバーガーを食べながら笑っている。

ここのファーストフードでは、いろいろなお客さんが来る。高齢のおばあさんなどもいる。午後の時間帯になると学生が多いが、朝にはサラリーマンがコーヒーだけを飲みに来ることもある。お客さんとのトラブルなどはあまりないが、無理な注文などもあるので、それにも対応していく。朝からファーストフードはやっているので、朝ごはんを食べに来る人もいる。夜には夕飯にファーストフードを食べに来る人もいる。一日中、いろいろな人がやってくるので、街子はそれを観察しているのが面白い。九十歳を超えているおばあちゃんがやってきた。

「ここはいろいろなものが食べられるのね」

「そうですね」

「昔はこんな店はなかったから、嬉しいよ」

「腰を悪くしているから、歩くのが大変になってしまったからね」

「近所のファーストフードが便利なんだよ」

おばあちゃんはよっこらせと、椅子に座った。のっそりのっそり、動いて、ハンバーガーを食べている。杖をついているみたいであるが、足取りは意外としっかりしている。杖をつくのがもう慣れているらしい。腰と足が悪いので、歩くのは大変である。

「最近、いろいろ、体の調子が悪くて」

「そうなんですか」

「病院には行っているんだけど、薬でなんとかなっている状態なの」

「大変ですね」

「今日は病院の帰りなんだよ」

「そうなんですか」

「病院は混んでいるから、帰りはお昼ごろになってしまうからね」

「ここでお昼を食べて行くんだよ」

「このごろは、食べ物がいいから、なんでも好きなものを食べられるからね」

おばあちゃんは、ハンバーガーをほおばりながら、時計をみている。

「午後、三時ごろに孫がうちにくるんだよ」

「お孫さんはいくつなんですか」

「十歳だね」

「遅くに子供ができたから、まだ孫は十歳なんだよ」

「私もこれから元気でいなくちゃね」

時計を気にしているみたいであるが、三時まではまだ時間はある。

「孫は元気でね、私のことをとても慕（し）っているんだよ」

「そうなんですか。それは嬉しいですね」

「そうなんだよ。孫が可愛くてね」

「すぐにおもちゃを買ってあげてしまうんだよ」

おばあちゃんは孫がまだ十歳なので、一番可愛い盛りで、孫と居ることが今、一番楽しいみたいである。これから孫が来てくれるので、楽しみにしている。

「帰りにおやつを買って帰るつもりだよ」

「ポテトかなんかを」

孫はファーストフードのポテトが好きみたいである。

「大きいのにしようかな」

おばあちゃんは財布を出して、中身を確認している。

「ポテトの他にも買ってあげたら」

「それがいいね」

「何がいいかな」

「アイスがいいか」

孫はアイスが好きみたいである。まだ十歳なので、学校に行くことが仕事で、あとは遊んでいるということである。三時には学校が終わっているので、それからおばあちゃんのところに来ることになっている。

「孫はいろいろと病気なんかもしているからね」

おばあちゃんは心配そうな顔をみせた。

「たまに高熱出してしまったりしているから」

子供なので、風邪などはしょちゅうである。

「それでも元気な孫を見ると嬉しいよ」

おばあちゃんは孫の写真を見ながら言った。

「まだ十歳だからね。これからだからね」

「大人になってからも私の所に来てくれると嬉しいな」

おばあちゃんはあと二十年くらいはあるから、それまで私も元気でいないとね」

おばあちゃんはかなり高齢なので、そんなことを言っている。

「最近は足も悪くなっちゃっているからね」

足が悪いので杖をついている。

おばあちゃんはファーストフードのハンバーガーを食べて店を出た。これから孫に会うことになっているので、足取りも軽い。

街子はレジに居るので、どんどんお客さんがやってくる。殆(ほとん)どの人は、普通の一般人である。これからどこかへ買い物に行くという人も居るし、仕事へ行くという人も居る。朝などはコーヒーを仕事へ行く前に飲んでいくという人もたくさんいる。コーヒーだけであると百円ほどなので、とても安い。朝ご飯を食べないでコーヒーだけで済ます、そういうサラリーマンも結構いる。

街子はレジが得意である。初めはなにもわからなかったので、いろいろ聞きながらやっていたが、もう時間も経っているので、得意になっている。そんなに難しいものでもないので、一度覚えてしまえば簡単である。間違えることも滅多にない。

「いらっしゃいませ」

街子はいつも通りに言った。

「何になさいますか」

もうこの文句は慣れている。

「ハンバーガーとコーラで」

「三百円です」

おつりも間違えてはいけない。

「あっ、追加でポテトも。それとポテトにはケチャップつけてね」

「わかりました。お会計変わりまして、四百五十円です」

「持って帰るから」

「わかりました」

「この番号で少しお待ちください」

「次の方お伺(うかが)いします」

どんどんお客さんは来る。一時間でどれだけ来るであろうか。休む暇などない。昼どきになると、もっとたくさん来てしまうので、レジに長い列が出来ている。そろそろ昼どきなので、とても忙しくなる。たまには横入りするおばさんなども居る。

「こちらで並んでお待ちください」

だんだん混んできた。

「順番にお伺いしますので、少々お待ちください」

怒る人は滅多に居ない。みんな普通に待っている。並んでいれば、順番に買うことが出来るので、時間はかかるが、並んで待っている。

「ポテトにケチャップつけてください。あと、ミルクをもう一個ください」

意外と我儘な人もいる。クーポンを持っていると、安く買うことも出来る。

「これと、これと、このセットで、三つ。それをこのクーポンでお願いします」

奥さんが注文している。

「子供が三人もいるから、結構、たくさんなんだよね」

「そんなに子供がいると、五千円くらいかかるんだよ」

「大変だね」

「子供は遠慮なく食べるからね」

「育ち盛りだし」

「上の子は運動系の部活に入っているから、たくさん食べるんだよね」

「食費がすごいことになっているよ」

「うちは夫婦二人だから、一か月で四万円くらいだけど」

「うちは七万くらいいくよ」

「そうなんだ」

「人数増えるとそれだけ食費もかかるね」

「そうだね」

奥さんたちは話をしている。

毎日の食費はかなりかかる。子供が多いと、それだけ食費もかかる。奥さんたちはその金額について悩んでいるようである。

「主人の給料があまり多くないから、食費がかなりかかって、大変なことになっているよ」

「うちもそうだよ」

「多い時だと食費が月に十万円くらいかかることもあるよ」

「子供が多いからね」

「みんなで食事にいってしまったりすると、高くつくしね」

「それで私がパートに出れば少しは足しになるんだけど、まだ子育て中だからね」

「大学まで行かせなくてはならないしね。教育費もかなりかかるよね」

「三人、私立の大学だと、とても払える金額ではない」

「そうだね」

「パートで月に十万くらい稼ぐことができれば、少しはいいんだけどね」

「主人の給料が四十万で、私が十万稼げば、五十万になるからね」

奥さんはパートに出たいみたいである。子供が居るので、まだパートに出られない。子供が少し大きくなったらパートに出るであろう。

「パートに出るとしたら、どんな仕事がいいだろう」

「レジなんかでもいいかもね」

「そうだね。レジでもいいかも」

「でも十万円くらい稼ぎたいとなると、レジでは十万円いかないかもしれない」

「そうだね。シフトかなり入らないと」

「シフトあまり入らないと、十万円いかないもんね」

「そうだね。五万円くらいのこともあるよ」

「やっぱり夫に頑張ってもらおう」

「でも、自分も少しは出来るからね」

「そうだね」

「パートで十万円稼ぎたいとなると、レジとかでは無理かもしれないから、この際、社員でしっかり働いてもいいかもしれない」

「子供が大きくなったら、そういうことも出来るから、それまでは、短時間のパートで、子供が成人してから、社員になったらいいんだよね」

「社員になっても給料が十八万円くらいで、そこから四万円くらい引かれるから、手取りは十四万円くらいなんだよね」

「パートでも十万円くらいいくから、どちらでもいいかもね」

「そうだね」

「安月給の社員だったら、パートで気軽にしたほうがいいかもしれないね」

「でも、生活の安定は社員のほうがいいかも」

「それはあるね」

「世間体もあるから、社員のほうがいいな」

「そうだね」

「奥さんだと、パートに出ていますと言えるけど、そうではない人は言えないからね」

「そうだね」

奥さんたちは、いろいろ話している。とにかく生活費がかなりかかるので、それについて話している。

「食費もかなりかかるよね」

「人数多いとそれだけかかるからね」

「この間なんて、みんなで食事に行って、一万円くらいかかったし」

「一万円ならまだいいよ」

「みんなでレストランとか行くとそれだけでは済まない」

「子供たちはたくさん食べるから、大変だよね」

「しかも遠慮なんてないし」

子供が居ると大変である。

「子供は成長期だから、たくさん食べないと大きくならないしね」

「そうだね」

「こうやってファーストフードのこともたまにあるけど、結構かかるよね」

「たまにしかこれないね」

「子供たちの分も買うから、かなりかかる」

「でも、子供たちはファーストフードが好きなんだよね」

「そうだね」

「一回来ると五千円以上はかかるからね」

「そんなにかかる？」

「かかるよ」

「でも、ご飯を作らなくていいから楽だな」

「毎日なんてこられないけどね」

「たまにならいいね」

こうやってファーストフードで済ますことも結構あるみたいである。

「月三回くらいかな」

「月三回だと、一回五千円で一万五千円かかるね」

「そうだね」

「旦那の給料が、頑張ってもらって、多いから平気」

「うちは安月給でやっている」

「安月給の場合、私も働かなくてはならない」

一か月の給料が十八万円くらいであると、足りないので、奥さんもパートで十万円ほどは働かなくてはならない。夫の給料が多い場合は平気である。夫の給料が四十万円くらいであれば働かなくてもやっていけるものである。給料が四十万円もらえるということはなかなかないことである。それだから、二十万円くらいの給料であることの方が多い。奥さんがパートに出てやっと合計四十万円ほどになるということである。

夫が安月給である奥さんは、自分がパートに出ないと、家はやっていけない。むしろ、パートでは駄目である。しっかり正社員になるべきである。最近では女性でも正社員になれる風潮であるので、奥さんは正社員を目指している。

「パートではなくて、正社員の仕事にしようかと思ったりしている」

「そうなの」

「夫が安月給だからね」

「子供も大きくなったから、出来ると思うし」

「正社員だったらどのような仕事がいいの」

「事務は人気だから、入るのは大変だけど、やはり事務がいい」

「私はパソコン出来るから、事務でも大丈夫だな」

「今のパートの給料だと少し足りない」

「十万円いかないこともあるし」

「正社員ならば、しっかり十五万円くらいは貰えるからね」

「でも、パートでも正社員でも給料によってはどちらでもいいかもしれない」

「どういうこと？」

「時給が高ければ、それだけで月二十万円くらいいくかもしれないし、正社員でも月十二万円ということもある」

「そっか。あまりこだわらなくてもいいかもしれないね」

「そうだね」

「今のところを続けた方がいいかもしれない」

「そうだね。何かあって辞めなくてはならなくなってからでも遅くない」

ここのファーストフードは大通りに面している。車の通りも多く、人通りも多い。都会であるが、少し路地を入ると家が立ち並ぶ。買い物の帰りに寄るという奥様たちも多い。ファーストフード店の裏にはアパートがあり、そこの住人が毎日のように買いに来る。常連客もたくさんいる。いろいろな人がやってくるが、面白い人もいる。とにかく店員と話したいというお客もいる。一人暮らしで毎日が寂しいのである。

「私、一人暮らしだから寂しいのよね」

「そうなんですか」

「話す相手も居ないからね」

「大変ですね」

「友達も忙しいから、かまってくれないし」

「みんな仕事が忙しいですよね」

「私も仕事はしているけど」

「仕事は何されているのですか」

「コンビニのレジだよ」

「それで生計立てているのですか」

「貯金を切り崩して、あとはバイト代で」

「バイト代が七万円くらいだから、足りない分は貯金から」

「生活大変ですね」

「でも一人だから気が楽で、生活費もそんなにかからないからね」

「七万円で出来るくらいだから」

「それならいいですね」

「そうなの。時間が自由になるアルバイトのほうが、気が楽だし、遊べるし」

「拘束時間が短いですもんね」

「社員だと拘束時間が長いからね」

「社員になりたいと思いますか」

「そのうちね」

一人暮らしが長いようで、少ない給料で生活をしている。貯金もいくらかはあるが、あまり多くない。

「一人の方が気が楽なのよ」

「そうなの。寂しくないの」

「寂しい時はテレビ見ているし」

「給料七万くらいで生活するなんてすごいね」

「でもそれで出来るから」

「たばこもお酒もしないものね」

「そうなの」

「たまに洋服買うくらいだから」

「あんまりかからないね」

「全然使わないんだよね」

一人の方が気が楽に生活できるみたいである。大人一人ならばどうにでもなりそうだ。

「ここのファーストフードは好きでよく来るけど、毎日ではないからね」

「そうなの」

「毎日だったら、結構金額いくしね」

「そうだね」

「私もファーストフードは好きだからよく食べるよ」

「ジャンクフードというけどね」

「でも働いていると、カロリーとりたいから、そういうの食べたいんだよね」

「そっか」

街子は話を脇で聞いているが、まだ若いので、どんな状況なのか想像もつかない。そうなんだ、と思って聞いているだけである。

——私も歳をとったら、こんなになるのかな
そんなことを考えた。

もう少し歳をとったら、一人暮らしをしてみるのが夢である。自分で生活をするというのは、大変かもしれないが、一人は気が楽である。一人分の生活費であれば七万円でも出来るであろう。もちろん収入は多いほうがいいが、一人で会社員などになって、月十八万円の給料で生活するというのが理想である。街子はそんなことがしてみたいのである。

一人暮らしをしたら、何をしようかな、想像が膨らむ。そのうち彼氏も出来るかもしれない。彼氏が出来たら結婚などを考えるであろう。そうすれば家庭をもって、生活するのである。一人暮

らしは家族が出来るまでの間だけだ。若いうちにいろいろ経験しておきたいし、いろいろな仕事もしてみたい。街子は、今はファーストフードで仕事をしているが、他のこともやってみたいのである。普通の事務もしてみたいし、綺麗なオフィスで働いたりもしてみたい。大企業に就職するというのは、街子の希望でもあるが、それが実現していくのはまだ先のことである。今はファーストフードで仕事をするのが日課である。

ファーストフードの時給は九百五十円である。それで、週に数回働いている。給料は少ないが、今はそれでよい。少しでも貰えるのがうれしいのである。そのうち、もっとしっかり働いて、お金を貯めたい、そう思う。ボーナスもあればかなり貯まるであろう。

今の街子の給料はあまり多くない。ファーストフードのバイトであるから、数万円である。

一人で生活しているわけでもないし、実家に居るので、生活費はかからない。浪人中でもあるので、勉強の時間も必要である。でも、このバイトは嫌いではない。若いうちに経験しておくには良いことである。街子は日々の勉強が本業なのである。ファーストフードのアルバイトは、気分転換も兼ねている。勉強ばかりしていても、疲れてしまうし、少し体も動かしたい。アルバイトをすることで社会勉強にもなる。これから大学へ行って、就職していくには、良い勉強なのである。就職してから今の経験が生かせるかもしれないので、若い街子は、今、そういうことをするべき時期なのである。アルバイトはそのうち辞めてしまうことになるかもしれないが、それでも、仕事を覚えて頑張ることが、今、楽しい。仕事を通して、学ぶことはたくさんある。

でも、将来の夢はお嫁さんになること。いずれは結婚して、子供と一緒に家族を作りたい。それまでの間は仕事などをすることになると思うが、はやいうちに結婚したいと思っている。子供は数人は欲しい。たくさんいたほうが楽しいだろう。仕事は大学を卒業してから、就職したい。それまではファーストフードのアルバイトでいいのである。

大学は少し難しいところを受けようと思っている。それで、滑り止めに簡単な大学を受ける。もし三流大学になったとしても、大学に行くということが目的なので、それでよい。東大を目指しているわけでもないので、とにかく受かればよい。学部は文系である。学部をどれにするかは、まだ決まっていない。法学部であったり、文学部であったり、迷っている。文系にすることだけは決めている。一つに絞らないで受かったところに行くという方法もあるので、あまりこだわっていない。

アルバイトをしているせいもあって、勉強はあまりはかどらない。しかし、去年よりは勉強しているので、前回の試験よりはいいだろう。大学になぜ行くのかと聞かれたら、それは将来のためである。いろいろな事をしていく中で、大学に行くということが一番いいのである。あまり低学歴であると、やりたいことも出来ない。これがやりたいとなっても、大学に行かないから、出来ない場合もある。就職して、総合職などの場合でも、大学に行っているのがいいであろう。しかし、街子は高学歴であることにはあまりこだわっていない。とにかく大学に行ければよいという考えである。

高校を卒業してから、高校の友達と会うこともある。たまには食事などにも行く。この前は、友達数人と食事に行った。そのことを思い出していたら、携帯が鳴った。

「今度、食事にみんなで行かない」

高校の友達からの電話である。

「そうだね。みんなで食事に行こう」

高校の友達はすでに大学に行っているが、高校の仲間とも食事に行くらしい。それに誘われたのである。

「こないださー大学でレポートの提出があったんだけど、一晩かかったんだ」

「寝られなかったんだよね」

「そうなんだ」

「大変だね」

「意外と大学忙しいんだよね」

「へぇ」

街子は驚いた。そんなことは想像もしていない。

「大学は楽しい？」

　街子は聞いた。

「そうだね。友達は増えたね」

「ふうん」

　街子は早く大学に行きたくなった。大学へ行ったら友達をたくさん作る。そして、食事などに行きたい。サークル活動もしてみたい。

「大学って楽しいけど、忙しいんだよね。帰りが夜十時ごろになってしまう」

「そうなんだ」

「それで、次の日、朝六時ごろ家出るから、とても忙しいんだよね。アルバイトなんてしている暇ないけど、夜だけ居酒屋で二時間アルバイトしているよ」

「そうなんだ」

「二時間だけだから、二万円くらいしかもらえないけど」

「アルバイトは楽しい？」

「そうだね。居酒屋だから、食事を運ぶだけだけど。掃除なんかもするよ」

「二万円か」

「そうだね。二時間だからね」

「大学行っているからしょうがないね」

「そうだね」

街子は自分もファーストフードで働いているので、そのことを言おうと思った。

「私は、浪人中だけど、ファーストフードで働いているよ」

「浪人中なんだ」

「そうなの。来年、大学に入る予定」

「がんばってね。今度の食事はみんな大学生だけど、いいの」

「大丈夫だよ」

「うちの大学に遊びに来る?」

「えっいいの」

「サークルのつながりとか言えば平気なんだよね」

「そっか」

「それじゃ、今度ね」

「うん」

「とにかく今度は食事だからね」

街子は久しぶりに友達と話が出来たので嬉しかった。大学生になっている友達は、忙しいみたいであるが、街子のことは忘れてはいない。街子が浪人生であることはなんとなくは知っている。だから誘っているのである。街子はファーストフードで働いているが、それも時間がかなりあるからである。勉強が本業ではあるが、そればかりでは飽きてしまう。すでに大学生になっている高校の友達は、楽しそうで、街子も早く大学生になりたいと思った。大学生になったら、アルバイトもたくさんしたいし、サークル活動などもしてみたい。本業である、勉強のほうも頑張ってみたい。

「大学って楽しい？」

街子は聞いてみた。

「大学楽しいけど、かなり忙しい。時間があまりないよ」

「そうなんだ」

大学生は忙しいのだ、そう思った。

街子は大学への憧れがとても大きい。絶対に大学へ行きたい。将来、何かしていくためにも大学には絶対に行きたい。しかし、高学歴であることへのこだわりはあまりない。高学歴であるということは、あまり望んでいない。三流でもいいから、大学へ行きたい、そう思っている。

高校時代はあまり勉強もせず、部活動もそこそこであった。部活動も文系で、体育会系ではない。勉強をすることは嫌いではないが、少々めんどくさい。それで、あまり勉強しないできたのである。それで大学を落ちてしまったので、浪人中である。

高校時代の友達はみんな必死に勉強していたのを覚えている。だから大学に受かって、すでに大学生なのである。そんなのを横目に、街子はあまり勉強せずにいた。今年は頑張って勉強して、来年こそは大学に受かりたい。

高校時代の友達は高校三年生のとき、参考書を必死に勉強していた。隅々まで勉強しているので、参考書はボロボロになっていた。そこまでしなくてはならないのか、街子はそう感じたが、街子の参考書はそんなにボロボロにはなっていない。

しかし、一番頭のいい人の参考書はとても綺麗にされていた。まったく、ボロボロになっていなかったのを覚えている。街子はそうではないので、ボロボロになるまでやらなくてはならないのである。

一番得意なのは国語であるが、それでも偏差値でいうと六十くらいである。偏差値というのは平均から割り出す感じであるので、六十くらいというのは中の上くらいである。一番頭のいい人というのは七十とか八十である。そのくらい成績が良ければどこでも入れる感じであるが、街子はそうではない。一番がんばっても中の上くらいである。

街子は母さんに言った。

「来年は絶対大学入るからね」

「がんばってね」

母さんは応援しているみたいである。

「アルバイトもするけどね」

「お小遣いあまりあげられなくてごめんね」

「アルバイト楽しいから」

「母さんは、街子が大学に入ればそれでいいんだよ」

「来年は絶対入るから、大丈夫だよ」

「街子はそんなに成績がいいというわけではないからね」

「そうなの」

母さんは街子が大学に受かるのか少々心配である。去年の試験では、難しい所ばかりを受けて落ちているので、今回は頑張って欲しい。母さんは、街子が浪人生であることが、とても心配で、アルバイトなどもしているので、街子の将来を案じている。家にはお金があまりないので、大学に行かせるのも不安であるが、文系の授業料の安いところに入って欲しい。街子はそれを知っているので、アルバイトもしているというわけである。

アルバイトで入ってくるのは数万円であるが、日々の生活には少しは足しになっている。大学も国立に入れるくらいであれば、授業料もあまり問題ないが、そんなに成績がいいわけではないので、私立になるであろう。そうすると授業料が高い。

母さんは大学の授業料を自分のパート代から出そうと思っている。今は五時間くらいのパートをしているが、それを貯めて、大学の授業料にしようとしている。大学の授業料は高いので、大変であるが、それでも街子を大学に行かせたい。絶対に大学に行かせて、将来を安定させたい。

子供に頑張ってもらうことは母にとっては自分にも良い。そう考えている。

多くのことは子育ての中で突破してきたが、今回も母が頑張らなければならない。街子をとても案じている。

街子は言った。

「母さん、パート大変だけど、ごめんね」

「いいのよ」

「私もアルバイトするから」

「街子もがんばってね」

街子はこれから来るであろう、大学受験を想いながら、絶対合格してやる、そう意気込んだ。今日もアルバイトである。勉強は少しは捗(はかど)っているが、今日はアルバイトを頑張らなくてはならない。いつも持っている、参考書に目をやった。

築山がある観桜と拝領

公子（きみこ）は朝、トーストを食べて、家を出た。今日は、仕事へ行くのである。公子の仕事というのは、テレビのプロデューサーで、番組を作るのが仕事である。タレントを使って、番組を作るので、タレントとも親しい。今日は、家でまとめた、レポートを提出して、他のプロデューサーとの打ち合わせに出る。今日はタレントの光（みつ）にも会う予定なので、結構忙しい。タレントの光はかなりの売れっ子で、いろいろな番組に引っ張りだこである。それでも今日は打ち合わせに来てくれるので、公子は話をするために会うのである。

公子が電車に乗ると、なんだかこっちを見ている人がいる。その人が話しかけてきた。

「今日はお仕事ですか」

知らない人からそんなことを言われて、公子は驚いた。

「はぁ」

公子は生返事をして、そこから移動した。

今日は打ち合わせなので、準備をして、待ってなくてはならない。タレントが来るまで、時間があるので、コーヒーなどを飲みながら、パソコンに座って、資料を作っている。一応、視聴率などの資料を作るので、その作業がある。どれくらいの世帯数が見ているのか、タレントなどに伝えなくてはならない。タレントに直接は言わないとしても事務所のほうには伝えている。そういうことが大切なので、意外と大変である。まだ時間があるので、社員食堂へ行った。ちょうどお昼の時間である。

列にならんでいると、同僚のプロデューサーが話しかけてきた。

「今日はどんなスケジュールで」

「これから打ち合わせですよ」

「俺は暇でさ」

「そうなんですか。うらやましいです」

同僚は行ってしまった。

まだ時間があるので、食堂で、ご飯を食べることにする。今日のメニューはハンバーグとライス、スープ、サラダである。公子はそれを決めて、受付に言った。

「こちらに並んでくださいね」

いつも通り、食堂の人が言っている。食堂は四分の一くらい埋まるくらいである。はっきり言うと知らない人ばかりである。どこから来て、なぜいるのか、全く知らない人ばかりである。たまに知っている人がいると、話してしまうことになる。

テレビ局の社内は広くて、圧迫されている空間で、何かが違う雰囲気がある。そこに来る公子は、実は何も分かっていないのである。

単純にテレビが好きというだけで、大学を卒業してから、テレビ局のプロデューサーになった。

勝気な性格もあって、見ているだけではつまらなかった。

人々に影響を与える、テレビという媒体に興味を持って、仕事にしたいと常に考えていた。

公子は、何か人のためになりたい、そういう欲望もあった。実際、直接そういうことをするのではなくて、仕事としてかかわっていく、そう決めたのである。テレビは好きである。

見ているのも楽しい。しかし、業界に入ってからは少し変わった。もっと真剣に考えて、テレビと向き合わなくてはならない、そう思ったのである。単純に仕事であるというのもあるが、もっときちんと考えなくてはならないことに気が付いた。仕事ではいろいろあるので、随時、仕事を片付けていく。番組を作るためにすることもあるし、内容を決める際も、すべて詳細に、文書にしてまとめていく。そうして、仕事は成り立つわけであるが、それが正解なのか間違いなのかは、結果が出ないことが多い。数字もあるが、それだけでは分からない。

テレビの業界に入って気が付いたことは、仕事であるということである。見ているだけでは、エンターテイメントであるので、仕事であるということは気が付いていない。公子は仕事としてテレビに向き合う必要があるのである。テレビというのはとにかく流さなくてはならないので、それを制作していくのが目的である。視聴者がどれくらいいるのか、それも考えて、人の配置などもする。公子は番組制作が仕事なので、それに応じた、取材などもある。給料はかなりもらっているので、頑張らなくてはならない。とにかく問題なくテレビを流すというのが目的なので、人選も難しい。公子は大学を卒業しているので、勉強は出来るほうであるが、そういう難しいことは少し苦手である。

女性であるので、仕事を選ぶときに、厳しいものは辞めようと思った。元々、テレビが好きなので、テレビの業界にしたのである。大学を卒業してから、テレビ局ならば入れると思って、応募した。数回の面接のうちに合格したのである。特にタレントになりたいとは思わなかった。どちらかというと、裏方がやりたかった。もっと貢献できるということが魅力的であった。それに特別美人というわけではないので、女優などにはなれない。それならば、裏方のプロデューサーなどがいいと思ったのである。

同僚が話しかけてきた。

「今度の番組、タレント決まった?」

「まだ選考中だよ」

「難しいよね。たくさんいるし」

「そうだね」

「合った人を選ばなくてはならないし、失敗できないからね」

「きちんとやってくれる人でないと」

「そうなんだよね。失敗したら駄目だもんね」

同僚は資料を取り出した。

「今、タレントを一覧にしているんだけど、漏れてるところあるかな」

「どうだろう。これで完璧のような気がする」

「それならば平気だね」

「一人のギャラが安く出来ないから、あまり人数は増やさない予定なんだよ」

「そうなんだ」

「メインの司会以外は五万円にするらしいよ」

「へぇ」

「だから出演者は大体二十人くらいで」

「ふうん」

「大変だね」

「そうだね」

同僚は片手にコーヒーを持っている。番組の構成などもあるので、人数を決めているらしい。

「取材は行ったの?」

「行ったよ」

「あとはまとめていくだけだよ」

「それならば早いね」

「あとは収録だよね」

新しい番組の制作は着々と進んでいるようである。公子は自分のすることを終わらしたら、仕事は終了なので、いろいろと同僚に聞いているのである。

番組は二週間後にオンエアを控えている。もう構成などは決めて、取材を進め、編集などもしなくてはならない。公子は、打ち合わせに同行した。

「今日はよろしくお願いします」

「どうも」

「台本はこちらですので読んでおいてください」

「はい」

公子はタレントを見て、テレビとは少し違うなと思った。なぜだろうと思ったが、思っていたよりも小さく見える。やはりテレビは画像でもあるので、少し違うのだろう。

打ち合わせが終わって、会議室から出ると、今日の仕事は終わったので、自由な時間になった。番組のことは気がかりであるが、今日はもう帰ることにした。

テレビ局を出て、駅に向かう途中にお洒落(しゃれ)なカフェがあった。公子は珍しく、そのカフェに入った。カフェは細部までデザインされていて、居心地の良い空間であった。

公子は席に座って、パソコンを取り出した。書類の確認と作成があるので、それを終わらそうと思って、カフェに入った。

隣の人が話している。

「どんなテレビ」

「今日のテレビは面白かったな」

「バラエティーだよ」

「単純だけど面白いよね」

「元気が出たからね」

「テレビって作るの大変なのかな」

「どうなんだろうね」

「きっと楽しんでやっているんだろうね」

「そうかもね」

公子はそうではない、大変なんだ、そう思った。

「もっといろいろ見たいから、早く家帰ろう」

「そうだね」

隣の人はコーヒーを飲んで、行ってしまった。公子はまだカフェで書類を作成している。

そうするとまた違う人が入ってきた。

「今日のテレビは面白かったな」

「そうだね。笑えたね」

「次回が楽しみなんだよね」

「そうだね」

「タレントが面白い人ばかりだから、いいんだよ」

「そうだね。違う人だったら面白くないかもね」

「そうなんだよね」

「テレビってずっと見ていると、疲れてこない？」

「そうだね。でも面白いからね」

「今日も面白いものがやっているから、早く帰ろう」

「そうしよう」

隣の人はコーヒーを飲んでいる。

「そういえば、あなたのお母さん大丈夫？」

「この間倒れたからね」

「病院へは行っているの？」

「行っているよ。でも原因がわからないんだよ」

「そうなの」

「暫く静養だからね」

「でも、検査の結果では、手術しなくてはならないかもしれないらしい」

「そうなの」

「検査は来週だから、それで分かる」

「大変だね」

「本人は平気そうにしているけどね」

「もう高齢だから、手術も体力的に無理かもしれない」

「そうなると、手術はしない方向なの」

「そうだね」

「とにかく検査の結果次第だから」

「そうか」

隣に居る二人ははぁっとため息をついた。

「テレビでも見て、忘れよう」

「そうだね」

「面白い番組やっているかな」

「あとでテレビ欄をみてみよう」

隣の人は席を立って、店を出て行った。

公子はそろそろ、仕事を終わらして、店を出なくてはならない。時間が遅くなってしまうからである。仕事も片付きそうなので、店を出ることにした。

カフェを出ると、駅は十分くらい歩いたところにある。公子は駅に向かった。

駅ビルを歩いていると、文房具屋があった。仕事で使う、文房具を買っていこうと思った。店内を見回して、ノートが要ると思った。いろいろなメモをすることが多いので、ノートはすぐになくなってしまう。だからノートを買っていこうと思った。

ノートも必要であるが、ボールペンもすぐになくなるので、欲しい。見ているとどれもこれも必要なものなので、買っていこうと思った。

必要なものをそろえて、レジに向かう。レジは少し混んでいて、並ばなくてはならない。

「いらっしゃいませ」

お店の人は言う。

「千二百円です」

お金を払い、商品を受け取る。

「またのご来店をお待ちしております」

仕事用のノートなどは買ったので、必要なものはもうない。今日の夕飯をどうするかを考えた。帰ってから、家で買ってきたものを食べようと思った。

駅のほうへ向かい、改札口を入る。家のあるほうへ電車を乗るのである。しばらくすると電車が来た。

電車は空いているので、座ることが出来た。それならば、携帯をしようと思って、携帯を取り出した。スマートフォンなので、メールなども見やすい。

メールは五通来ていた。一通は会社関係の人から、あとはタレントや友達である。こまめにメールを見るので、そんなに溜まることはない。

すべてに返信をして、まだ時間があるので、スマートフォンを眺めていた。見ていたら、今度、放送する番組で使った、タレントがニュースになっていた。

「これ、何だろう。番組は平気なのかな」

思わず言ってしまった。

あまり気にせずに放送することにしたほうが良い、公子はそう判断した。でも、こういうことがあると、いちいち気にしてしまうので、大変なことでもある。

とにかく同僚に連絡したほうがいいと思って、同僚にこの件についてメールをした。

そうするとすぐにメールの返事が返ってきた。

――ニュースに関しては調査をして、検討します。

そう書いてあった。

これについては、公子も気になるが、仕事はそれだけではないので、とりあえず、終わらすことにして、他のメールなどを見た。

電車はもうすぐ駅に着くので、降りる準備をして、電車が止まると、すぐに降りた。家までは駅から十分くらい歩いたところにある。

夕飯を買っていこうと思って、スーパーに入った。スーパーは時間が遅いにもかかわらず、結構混んでいる。公子はお弁当を選んで、レジに向かった。

レジで並んでいると、初老の女性が話しかけてきた。

「ここは並んで大丈夫でしょうか」

初老の女性は言っている。

「平気ですよ」

公子は答えた。

「最近、疲れてしまって、歩くのも大変なのよ」

「そうなんですか」

「歳をとるというのは嫌なもんだね」

「そうなんですね」

「年金も少ししかないし、生活も大変なのよ」

「そうですね」

公子は頑張らないと年金が少ないと思った。この初老の女性はずっと主婦である。

「ありがとうね」

「いえ」

初老の女性は行ってしまった。

公子はそんなことはテレビ業界では必要ない、そう思った。でも少し聞いただけで、分かることもあるので、いいと思った。

テレビ業界に居ると人というものがお座成りになってしまう。もっと違う考え方で、とにかくテレビを流すということに集中してしまうのである。テレビを流すということを最重要点にして、すべてを考えてしまうために、あまりそういうことは考えない。こういうことがあると、いろいろ経験にもなるので良いことである。

公子は夕飯を買って、スーパーを出た。家までは歩いて十分くらいである。テレビ業界で働いていると、気分が高揚することが多く、体に悪い。だから、家では静かにしていて、テレビも付けない。本などを読んでいることが多い。家は一人暮らしなので、誰も居ない。

一人暮らしになってから、もう数年経った。一人で居るということは、一年くらいで慣れた。もう、一人のほうが気が楽である。誰かと一緒に暮らすということがもう出来ないかもしれない。そのような感じであるが、公子には結婚願望がある。いつかは結婚したい、そう思って、十年くらい経ってしまっている。付き合っている人がいたこともあるが、今は居ない。寂しくもないので、それでいいのである。

家に居ると携帯に電話がかかってきた。

「今、暇?」

「平気だよ」

「今度みんなで食事をするんだけど、公子もこない?」

「行くよ」

「来週の日曜の夕方六時に、駅前広場で待ち合わせだから」

「わかった」

「来てね。絶対」

「絶対行くよ」

要件だけ言って、電話は終わってしまった。そんなことも、いつものことである。来週の日曜

はみんなで食事をすることになった。他に何かあるかと思ってポストを見た。一通だけ入ってい
て、結婚式の招待状だった。この人は大学の友達である。

「あー結婚するんだ」

思わず言ってしまった。しばらく会っていないので、久しぶりの登場である。結婚式は再来週の日曜らしい。返事をしなくてはならないので、部屋で返事を書いた。出席のところに丸をして、明日の出勤のときに持っていくことにする。

結婚すると聞いたら、何かお祝いがいるのかなと思った。でも、あまり会っていない友達だし、結婚式に出席するだけでいいだろう、そう思った。結婚するなんてなんてうらやましいんだろう、そう思って、悔しくなったが、公子の結婚願望はそれほど強くないので、あまり気にすることはなかった。

公子は結婚するということについて、夢のような感情を持っている。何か現実ではない、そんなイメージもある。だから、今まで結婚していないし、今相手も居ない。これから、相手を探して、結婚するということに、疲れもあるので、中々出来ないでいる。でも、いずれは結婚したい、そう思っている。今はテレビ業界で働いているが、これからどうなるかわからない。だから、結婚して安定した生活を送るということが必要になってくることもあるだろう。

色々考えていると、相手を探さないといけないことに気が付いた。一人で居るのは嫌いではな

いので、このままでもいいのである。だからあまり頑張らないし、このままの状態が続いているのである。相手がいればすぐにでも考えることなのである。

相手を探すということは、なかなか難しい。誰が良いというのもわからないし、少し分かっても、信じることが出来ない。かっこいい人がいいのか、そうでない人がいいのかも分からない。性格がいい人がいいのか、そうでない人がいいのか、お金持ちがいいのか、そうでない人がいいのかも分からない。そんな公子なので、相手を作ることが億劫(おっくう)である。相手を作ることが億劫なので、結婚も出来ないでいるのである。それに一人のほうが楽しい。何も制約がなくことを進めることが出来るのが良い。誰かいると何か制約があるかもしれないので、それが嫌である。そんなに相手を作ることを希望していないので、今は居ない。頑張って作るのも良いが、大変である。

公子は食事に誘われているので、日曜には食事に行く。何か持っていくものはないかと考えたが、みんなに、会社でもらった、有名アーティストのチケットをあげようと思った。

日曜になり、待ち合わせの場所へ行く。久しぶりに会うので楽しみである。待ち合わせの場所は駅前で、人が沢山いるところである。そこに早くからいるのは嫌なので、少し、周辺のお店を探索してみようと思った。駅前にはいろいろな店があり、どこにしようか迷う。少し高級なファションのお店があり、そこに行こうと思った。

お店を入ると、たくさんの洋服が置いてある。公子が好きな感じの服である。好きな感じなので、どれにしようかすごく迷う。店内を見て回ることにした。

奥のほうに、かわいいスカートがあった。値段を見ると一万円くらいである。少し高いと思ったが、かわいいので、試着することにした。

着てみたら意外に似合っている。これを買うことにした。まだ、洋服が欲しいので店内を見て回る。ブラウスなども欲しいので、見ていると、薄い色のブラウスがあった。これがいいと思って、手に取る。これを買うことにした。

レジに持っていくと、店員が言う。

「いらっしゃいませ」

「一万五千百円です」

意外と安いかもしれないと思った。テレビ業界のお給料は高いので、これくらいは大丈夫である。

一万五千百円の買い物であったが、満足のいくものになった。両手に袋をかかえて、待ち合わせの場所へ行く。まだ誰も来ていなかった。

時間を見るとまだ二十分くらいある。他の店にも行くことにした。まだ時間があるということで本屋へ行くことにした。久しぶりに本屋に行くので、何か、面白いものはないか、見ていこうと思った。

本屋へ入ると、有名な人の本がずらりと置いてある。どれも良さそうで、どれを買うか迷ってしまう。値段をみると、そんなには高くない。何冊も買うことが出来る金額である。公子は、本は好きなので、たまに本屋へは行くが、頻繁に行くわけではない。面白い本が好きなので、どれが面白いかを考えて本を選ぶ。表紙をみて、大体の予想をして、これにしようと決める。最近のベストセラーがあったので、それにすることにした。ベストセラーというのはどうしても気になるものである。絶対買ってしまう本である。公子は、ベストセラーはいつも買う。どうしても読みたいし、常識なのではないか、そう思っている。

そういえば、両親から誕生日に本をもらったことがある。公子は、勉強があまり好きでなかったので、両親が学んでほしいという願いで、本を贈ったのである。公子はそれがあまり嬉しくなかったが、両親からということで、貰っておいた。拝領ということになるかもしれないが、両親は願いを込めて公子に贈ったのである。

普通の家庭であったので、父は仕事に行って、母は家で家事をするという感じであった。父は仕事に熱心で、母も優しかった。ごく普通であったので、何事もなく、生活は続いていたので、公子は落ち着いて、学校へ行っていた。テレビ関係の仕事にするというのは、大学を卒業するころに決めたもので、特に、こだわっていることはない。母は公子にとても優しかった。父は厳格で、すぐ怒る性格であったが、優しいときもあった。母は公子によく言っていたのは、大学には絶対行きなさいということであった。母からそう言われるので、公子は絶対大学へは行こうと思っていた。父も、大学は出ておきなさいとよく言っていた。高校三年生になり、進路を決めるとき、将来のことなど何も考えていなかったが、大学に行くことだけは決めていた。受験勉強もそこそこして、三流の大学に入ることが出来たのである。

家庭は普通であったので、兄はいたのだが、日々の生活は淡々と、平凡に過ぎていった。父も母も喧嘩などはすることもなく、平穏な家庭であった。公子はそんな家庭であったが、学生の頃は公子も平凡であった。大学に行くということは両親から言われて決めたことであったが、公子の意志は固かった。落ちたらどうしようという考えはあまりなく、どこかへ行くことが出来るであろうと思っていた。

受験のときは、第一志望を難しいところにして、あとは三流大学を受けることにした。あまり勉強しなかったせいもあって、第一志望は落ちたが、その後に受けた三流大学に受かった。学部にこだわりはなかったので、文系の学部を受けた。情報系だったり、法学系であったり、いろいろであったが、結局、法学部に受かったので、そこにすることにしたのである。

特に法学について、学びたいという気持ちはなかったが、とにかく大学は卒業したかったので、倍率も低く、受かりやすいところにしたのである。

公子は大学を卒業するころ、テレビ関係の仕事を目指すことにしていた。テレビは好きだったし、面白そうな職種でもあるので、公子からすると少し派手ではあったが、受けてみようと思った。テレビ局を受けたら、難なく受かったので、今の仕事に就いている。

もう待ち合わせの時間なので、待ち合わせの場所へ行くと、友達がいた。

「久しぶり。元気だった?」

「どうなの?」

「相変わらずテレビ局の仕事だけど」

「面白い?」

「そうだね。いろいろあるね」

「給料は高いの」

「普通じゃないの」

「そうなんだ」

「すごい高いのかと思った」

「いや、普通だよ」

「そっか」

「テレビ関係はなんだか給料高そうだからね」

「そうだね。イメージはそんな感じだね」

「世間からするとすごく派手な仕事だよね」

「そうだね」

これから友達と、ご飯に行く。今日は焼肉の予定である。

「焼肉の予定だけど、それでいいよね」

「いいよ」

友達は、これから行く焼肉屋をスマートフォンで検索して、見せてきた。

「ここだよ」

「いいよ」

友達は大学が同じなので、気が知れている。大学では法学であったが、実はあまり興味はない。ただ、大学卒業というのが欲しかっただけである。

「公子は、最近何かあった?」

「特にないけど」

「芸能人もたくさん会うの?」

「そうだね」

公子は仕事でテレビ関係なので、もっと真剣に取り組んでいるわけで、あまり派手な感じというのは、気にしていない。

「そういえば、最近タレントの光に会ったよ」

「へぇ」

「意外と普通の人で」

「そうなんだ」

派手な感じとは思っていないので、普通にそのようなことを言ってしまう。

「光はタレント一筋だから、すごく真剣に取り組んでる」

「ふうん」

「生活もかかっているみたいだし、テレビ局としても使っていきたいという人だから」

「いろいろな人いるからね」

「テレビ局としても、使っていきたい人はチェックしてるからね」

「そうなんだ」

「時期が変わると、またそれも変わることがあるけど」

「時間が経つと違うもんね」

「時間が経つと、どのような人が出てくるかもわからないし、今、旬（しゅん）の人を使いたいからね」

「そうだよね」

「今、旬の人をチェックしておいて、あとは事務所との交渉次第で、いろいろ決定していくけど、問題ある人は除外になるからね」

「問題ある人っているの？」

「世間の評判があまり良くない人は、使いたくない感じだね。それと、なにかトラブルを抱えている人とか」

「大変だね」

「芸能人といってもいろいろいるから、吟味していかないといけないからね」

公子は仕事の話なので、盛り上がってしまった。

「テレビ局の仕事はずっとするわけでもないからね」

「そうなの」

「若いうちだけだよ」

「そういえばそうかもね」

「若いうちだけだから、これからのことも考えないと」

「そうだね」

「アナウンサーというわけでもないから、フリーで活動とかあまり出来ないしね」

「会社員だもんね」

「そうだね」

公子は友達と話をしながら、そのうち辞めることになることに気が付いた。

テレビ局を辞めるということは仕事を辞めるということなので、転職することになるだろう。

焼肉屋に入ると、大きなテーブルがあり、そこにみんなで座った。友達が焼肉の注文をして、しばらく待った。

「公子は彼氏とかいないの」

「今はいないの」

「作らないの」

「いらないんだよね」

「どうして？」

「あまり結婚に興味がない」

「へぇ」

公子は結婚に関して、苦手意識を持っている。それに、結婚することで大変になってしまうのではないか、そう思っている。だから一人のほうが楽だ、そう考えて、彼氏も作らないでいる。本当は結婚したい、そう心のどこかで思っているのは確かであるが、一人のほうが楽なのではないか、そう考えて、今は踏み切れない。

「公子は彼氏作ったほうがいいんじゃない」

「そうかな」

「一人でずっといるのは寂しいよ」

「一人のほうが気が楽なんだけどね」

「結婚したら大変になるのではないか、そう思ってる」

「いや、意外とそうでもないよ。楽しいよ」

「そうかな」

しばらくすると、焼肉がテーブルに来た。みんなで鉄板に牛肉を載せる。ものすごい勢いで食べてしまっている。

「公子は最近、仕事楽しい?」

「そうだね。いろいろあるけど楽しいよ」

「テレビ局に就職なんて難しいよね」

「そうかな」

「私なんて絶対無理だと思う」

「だいたいテレビ局を受けようと思うのが何か違うよね、公子は」

「そう?」

「しかも、受かっているし」

「難しいよね、受かるの」

「そうかな」

「自覚ないんだね」

「そうだね」

　公子は、考えてみればテレビ局に入るのは難しいと思った。なぜ受けたのだろう、突然疑問に思った。元々、テレビばかり見ていたからかもしれない、そう考えた。

　テレビに関して、公子は特別な感情があった。なぜ、テレビばかり見てしまうのか、どういう仕組みであるのかも興味があった。特別な感情を、就職することで消化しようという考えもあった。それに得意分野でもあるので、自信もあった。仕事にするということについて、特に遠慮することもなく、就職したのである。

　テレビ局のお給料は意外と高い。でも、公子は、高いという考えはない。実は給料の金額はどうでもよい。高いから入ったというわけでもない。結果、お給料が高いということは、偶然であった。

　テレビ局のお給料が高いのは認識していた。でもあまり気にすることもなく、就職を決めていた。就職の試験を受けることも難しいとは考えずに、受かるということだけは分かっていたので、受けたのである。公子は、何かあって、落ちるということはあるかもしれないが、絶対受かるのではないか、そう思っていた。

案の定、受かったのであるが、受かってからもあまり難しいことは考えずにこなしてきた。給料が高いこともあるので、最大限、頑張っているつもりである。頑張る、といっても公子はあまり間違えることもない。すべてが上手い具合にいくことが多い。その点では楽であるが、分野も広く、考え方でどうにでもなるのである。それがテレビの仕事の良いところだと考えている。

焼肉はもう来ているので、そろそろなくなりそうである。

「公子はちゃんと食べた？」

友達が言う。

「意外と食べたよ」

「そう？」

「なんか、あまり食べてないように思ったけど」

「いや、食べたよ」

焼肉はとても多い量であったが、みんなで食べてしまった。友達は、公子が食べていたか不安の様子である。

「公子はさ、彼氏作らないの」

「作らないよ。今のところ」

「なんで？」

「面倒くさい」

「楽しいと思うけど」

「そう？」

「一人よりは絶対楽しい」

「そうかな」

「もう一人に慣れているから、平気だけど」

「彼氏いたほうが、楽しいよ」

「そう？」

「彼氏作れば？」

「誰か紹介してよ」

「えっ？」

「誰かいない？」

「いっぱいいいろいろな人いるけど」

「自分で探せば？」

「いい人いないかな」

「居るといいけどね」

「結構一人の人はいるけどね」

「今度、一緒に食事でもしたとき連れてくるよ」

「そうしよう」

公子は誰か連れてきてくれるので彼氏ができるのかもしれないと思い、少し嬉しくなった。

「それじゃ、お願いね」

公子は少し楽しみになって、念を押してしまった。

「そろそろお開きにしますか」

友達がいう。今日は楽しく会話をして、焼肉も美味しかった。

家に向かう途中、メールが来ていた。内容は、国会議員のお花見の会の招待状であった。

――そんなこともあるな。いろいろしていると。

そう思って、メールをみていた。返信をしなくてはならないが、出席と書いて出した。

日程は一か月後で、お昼は出るらしい。でも、なかなか食事をするということは出来ないかもしれないので、行く前に食べていこうと思った。

公子は、彼氏を紹介されるのもあるし、お花見の会もあるし、楽しいことがとても多いと思った。

一か月経って、お花見の会の日になった。一応スーツを着て出かけることにした。こういうことはたまにはあるので、用意はしてある。

なんだか、偉い人のような気分になって、タクシーで行くことにした。

会場に着くと、すでにたくさんの人が集まっていた。見渡すと築山があり、観桜は素晴らしいものであった。

「本日はお越しくださいましてありがとうございます」

放送が流れる。

「お昼を用意してありますので、ご自由にどうぞ」

前を見るとたくさんの食事が置いてあった。

肝心の国会議員の人はかなり遠くに居る。人が多いので挨拶にも行くことが出来ない。それでも公子は、有名人などもいるので、周りの人と話をすることにした。

時間は流れ、お昼も終わり、いろいろな人と話も出来た。

「公子さん、帰りはどうされますか」

どこかの偉い人が話しかけてきた。

「あっ、タクシーで帰りますので」

即座に答えた。

携帯でタクシーを呼んで帰ることにした。しばらく待たなくてはならないので、その間、隣の人と話をすることにした。

「私、テレビ局に勤めていまして」

「そうなんですか。今日は取材なのですか」

「いや、違いますけど、放送はするかもしれませんね」

「へぇ。面白いですね」

「そうですね」

公子は取材も兼ねていることがばれてしまった。

「テレビではどんな風になるのでしょうかね」

「内容伝えるだけですね」

「そうなんですか」

「大変ですね。いろいろと」

「面白いからやっていますけど」

「それじゃ、頑張って」

その人は行ってしまった。タクシーが来たので、乗り込んで帰ることにした。

家に着くと疲れてしまってすぐに寝てしまった。

公子はテレビ局でこれからも頑張ることを心に誓った。いろいろあるのが楽しいけれど、それを乗り越えて、もっと頑張ろうと思った。お給料は高いのでそれに見合った、仕事をしていかなくてはならない。トラブルもなく、順調に仕事をこなすことを目標にしてやっていこう、そう思った。

今回のお花見は結局、少し放送するだけで、長い時間は取らなかった。レポートを作成し、番組に組み込んで、公子の仕事は終わった。

仕事としてテレビを選んだのは間違いではない、そう思った。これからもしっかり仕事をしていなくてはならない公子であった。

葉擦れて早咲きなる筆立て

今日はいい天気だ。青空が遠くまで伸びている。空に浮かぶ雲は少し流れていて、どこまでいくのだろう、そんな疑問が湧く。道を歩いていると、リスがいる。木に登って、何かを探している様子である。きっと食べ物であろう。リスも生きるのに大変である。今日は朝からさわやかな感じであるが、今日は仕事である。珍しく、午後から出勤なので、朝は少し散歩をしたのである。たまに午後から出勤のときがある。本当は休日なのであるが、用事があって午後は行かなくてはならない。道子（みちこ）はキャリアウーマンである。仕事が生きがいになっている。仕事は商社の営業なのである。今日は午後から行かなくてはならないので、朝は暇である。

まだ時間があるので、テレビでも見ようとおもって、スイッチをつけた。ニュースが流れている。しばらくすると、あまり見たくなくなってので、テレビを消した。たった数十分であったので、まだ時間がある。近所のコンビニに買い物に行こうと思った。

散歩がてら、近所のコンビニに行く。何を買うか考えながら、道を歩く。とりあえず、箱のティッシュがないので、それは欲しい。たぶんコンビニにはあるだろう。近所の知っている人が話しかけてきた。

「こんにちは」

「いいお天気ですね」

「そうですね。これから買い物です」

「最近、私は体調が悪くて」

「大変ですね」

「それでは」

近所の人は急いでいるみたいで、行ってしまった。

近所の人というのは、顔は知っているが名前はわからない。わざわざ名前を名乗ることはしないので、顔見知りみたいになっている。でも、近況などを少し話すだけで、なんだか、嬉しい。社会とのつながりがある感じがするので、一人ではないような気がしてくる。友達というわけでもないので、あまり深い付き合いはしないが、挨拶をするだけで、一人ではないという感じがして、安心するのである。

今日は午後から出勤なので、まだ時間がある。コンビニに着くと、いろいろな人が買い物に来ていた。親子で買い物来ている人も居る。コンビニの店内では子どもが楽しそうに騒いでいる。お母さんらしい人が、一生懸命静かにさせようとしている。少しお腹が空いているので、おにぎりなども買うことにした。

商品をレジに持っていく。

「千三百円です」

レジの人は淡々としゃべる。

「これで」

千五百円を出した。

「今日はキャンペーンをやっているので、くじを引いてください」

「くじですか」

「一枚どうぞ」

一枚くじを引く。くじをあけてみると、はずれであった。

「ごめんなさい。はずれです」

レジの人は言う。

くじははずれてしまったが、運を使っていないのでちょっと嬉しくなった。こんなところで運を使いたくない。

「コーヒーも飲みたい」

コーヒーも買うことにした。またレジに並ぶ。

「百円です」

コンビニは毎日のように行くので、慣れている。いろいろな人が来ているが、あまり変わった人はいない。普通のサラリーマンや、親子連れなど、どこにでもいる人が来ている。コンビニに行くことは日課になっているが、こうやって午後からの出勤のときは午前中にコンビニに行く。朝から出勤のときはお昼を買うために、出勤中にコンビニに寄る。

キャリアウーマンの道子は、商社の営業なので、取引先などとの会食などもある。そういうときは、帰りが遅くなり、夜十一時くらいになることもある。朝は、いつもは比較的早い。今日はのんびり出勤なので、まだ時間がある。

少し早めに家を出て、買い物してから行こうと思った。そういえば、通勤用のストッキングがない。安いお店を探して買うことにする。

家を出てから、ショッピングモールに行く。ショッピングモールまでは、バスで十分くらいである。バスに乗ることも慣れている。あまり驚くこともない。普通の人が乗っている。

バスを降りてショッピングモールに着くと、イベントをしていた。なんか、歌手の人が来ているみたいである。歌手の人は少し売れている人で、道子は知っている人であった。

「見ていこうかな」

「こっち空いているわよ」

中高年の女性が、話しかけてきた。

「この人、最近売れているから、こんなところに居るなんて感激だわ」

「そうですね」

イベントが始まっている。大音量で、放送などが流れる。道子はなんだかわくわくしてきた。

午後からの出勤なので、まだ三十分くらいは平気である。少し見ていくことにした。

知っている歌手の人が歌いだす。曲も知っている曲である。最近テレビで流れている。

観客は大勢いる。舞台を取り囲むようにして観客が見守っている。

道子はこういう音楽も好きなので、嬉しくなった。しかも本人が歌っているので、いい思い出になるだろうと思った。

歌手の人は話し出した。

「今日はこんなに来てくれてありがとう」

観客はどっと沸く。イベントは滞りなく進む。それをぼーっと道子は見ている。

「そろそろいかないと」

午後からの出勤なので、そろそろストッキングを買って、帰らなくてはならない。ショッピングモールを歩いて、ストッキングが売っているお店に来た。

すぐ切れてしまうので、何枚か欲しい。仕事には絶対必要なものである。でも、値段の高いものはやめたい。一か月でストッキング代だけで何万円もしてしまったら、大変なことになる。生活もあるので、それだけは避けたい。百円くらいの安いものがあった。

「これにしよう」

道子はこれに決めて、五枚くらい買うことにした。

「五百円です」

　レジの人が言う。ストッキングは買うことが出来たので、他のお店も見てみることにした。道子は洋服が好きなので、可愛い洋服があるとすぐに買ってしまう。ほとんど衝動買いである。計画性は全くない。そうやって買った洋服が家には溢（あふ）れている。一か月で洋服に使える金額は二万円ほどなので、その中で好きなものを買うことにしている。通勤するのにも洋服は要るので、かなりたくさん持っている。洋服を見てみることにした。

　お店に入ると、千円くらいの、安いものがたくさんあった。これならば、高いわけでもなく、たくさん買うことも出来る。シャツやスカートを着られるかなと思いながら見て回った。欲しいものは数枚ある。会社に着ていけそうなものもある。スカートを買うことにした。スカートはあまり長いものは会社に着ていけないので、膝丈くらいのスカートにすることにした。値段は千円である。これならばあまり高くない。

　レジにスカートを持っていく。レジの人が言う。

「千円です」

　財布から千円を出す。財布の中には五万円ほど入っているので余裕である。

「サイズは平気ですか」

「大丈夫です」

道子は答えて、スカートを見た。

「これって色違いありますか」

「ありますね」

「見せて貰えますか」

店員に言った。

「この色違いのものもください」

道子は言った。

「合計で二千円です」

意外と安い感じである。

これで会社に着て行くスカートが手に入った。

そろそろ時間なので、家に戻り、会社へ行かなくてはならない。バスに乗って帰ることにする。

バスを待っていると、老人が歩いてきた。そして、道子に聞いた。

「このバスは天井(てんじょう)駅に行きますか」

「行きます」

「もうすぐきますかね」

「来ると思います」

少し待っているとバスが来た。老人と道子は乗り込む。

バスの中は意外と混んでいる。音楽を聴いている若者や、赤ちゃんを抱えたお母さんなどがいる。バスに乗るのは久しぶりではない。こうやって買い物などに行くときはいつもバスに乗る。バスでは座っていることが多いが、いろいろな人が居るので観察しているのが面白い。音楽を聴いているけど、何を聴いているのだろうかとか考えて過ごすのが楽しい。

外の景色を見るのも楽しい。このお店は潰れてしまったとか、外の景色を見ているとわかることである。家からも近いところなので、店が潰れてしまったとか分かるのが良い。そうすれば、その店に行くこともないし、別の新しい店があればそこへ行く。そういう情報も外を見ていればわかることである。

そろそろバスを降りなくてはならない。お金を払って、バスを降りる。一度、家に行ってから、会社に行くことにする。

お昼の景色はとても清々(すがすが)しく、美しいものである。それもこの青空の御陰である。これから軽くお昼を食べてから会社へ行く。家へ歩いていると携帯電話が鳴った。

「まだ来ないんですか」

同僚からだ。

「わからないことがあるんですけど、この間の取引先の購入リストはどこにありますかね」

「私の引き出しにあるから持って行って」

「わかりました」

まだ仕事の時間ではないのに電話である。こうやって仕事以外の時間に電話がかかってくることは、かなりある。プライベートな時間にかかってくるのはあまり好きではない。好きな事をしているときにかかってくると、いやいや電話に出ることがある。それでも仕事なのでしょうがなく電話に出る。

「これから会社来ますよね」

「そうですね。これから出勤ですね」

「来たらまたわからないこと聞きますので」

仕事は大変である。同僚からのこういう質問はかなりある。いちいち答えなくてはならないし、かなり面倒なことである。

仕事で話などをするということはかなりある。人前で話をするということも多々ある。初めは慣れていないので戸惑っていたが、もう慣れている。それに、仕事で話をするということは必須条件でもある。話をしないと、仕事にもならないし、上司の判断もいいものにならない。仕事での成績を上げるには、きちんと話をすることである。

だから仕事をはじめてから、話をするのが上手くなった。誰とでも話をすることが出来るし、躊躇することもない。

午後から仕事なので、これから家を出る。通勤はもう慣れている。駅に行って電車に乗るが、時間などはあまり気にしない。すぐに電車が来るからである。

駅に行くと、人がとても多い。いろいろな人がいる。サラリーマン風の人もいるし、子連れのお母さんなどもいる。その中をかき分けて、電車に乗る。会社の最寄り駅までは三駅である。三駅ぐらいであると、あまり時間もかからない。せいぜい二十分くらいである。

「すみません。降りるんですけど」

誰かが、道子に言った。車内は混みあっているので、どかなければ、降りることが出来ない。しかし、道子は混んでいるせいであまり動くことが出来ない。でも、少し動いて、隙間を開けた。昼下がりの電車は意外と混んでいるものである。

駅に着き、電車を降りる。会社までは、十分くらい歩く。その間に、お店などがあるとつい寄ってしまう。駅前には花屋があった。珍しく、道子は花屋を覗くことにした。

「いろいろな花があるな」

道子はあまり日頃は花などには興味がないので、なんだか面白くなった。別に何かを買う予定もない。でも、帰りにここにある、パセリの植木鉢を買おうと思った。花より団子、食べられるものがいいのである。花を買っていくのではなくパセリである。でも荷物になるので、買うのは帰りにしようと思った。パセリの植木鉢も大きいのから小さいものまであるので、小さいものにしようと思った。値段を見ると千円ほどである。この千円ほどのパセリの植木鉢を買って、今日は帰ることに決めた。

今日は午後からの出勤であるので、午後の会議に出席することになっている。女子であるが、仕事が出来るので道子は会議にも出席する。これからの営業成績についての会議である。一人一人の営業成績が、これからの会社の経営を左右する。そういうこともあって、重要な会議である。道子は会議までの間は、雑用などをしていて、書類の整理などもする。去年の書類などを整理して、今年の業務を迎える。会議まではあと十分くらいである。

「道子さん、今日は午後から出勤ですか」

同僚が聞いてきた。同僚の大和（やまと）という女性は、道子と仲良しである。

「そうなの、午後から」

「会議に間に合うように来たんですね」

道子は答える。

「そうなの」

「会議も重要なものだからね」

「そうだね。準備もしっかりしないと」

「課長もそわそわしているよ」

道子は会議までもう少しなので、会議室に向かおうとした。そしたら大和が言った。

「会議で発言したほうがいいよ」

「そうだよね」

「そうしないと評価下がるからね」

「ありがとう」

道子は発言することを念頭に置いて、会議に出席することにした。

会議が始まり、滞りなく進む。道子はいくつか発言して、会議は終わった。

「すごい発言していたじゃないですか」

大和が言った。

「そうだね」

道子は言った。

会議が終わったのでこれからはデスクワークである。いろいろな書類を整理しながら、まだやっていない仕事などをする。クライアントに電話などもかけなくてはならない。

今、受け持っているクライアントは数十社くらいであるので、そこに必要な電話を入れる。事業を行うにあたっての注意事項なども言わなくてはならない。細かい、規定なども知らせなくてはならない。数本電話をかけなくてはならず、道子は少しうんざりした。

仕事の内容を一応は把握しているが、細部までは分からない。細部は書類を読んで分かることである。すべてを覚えているわけではないので、書類を見ながら、仕事を進める。自分で分かっているつもりでいると、詳細の数字などが違って覚えていることがあるので、書類をしっかりみてから、電話などをかける。少しでも数字などが違っていると、クレームにもなるので、そこは大事なところである。

道子が言っている数字などを元に、プロジェクトなどを進めるので、細かいところはしっかり伝えなくてはならない。細かいところなどを考えていくには、その数字が大事である。

例えば、ゼロが一つ足りないとか見間違えてしまうのもミスであるので、クレームになる。そういうミスが許される場合と許されない場合があるので、しっかり仕事をしていかなくてはならない。

仕事は楽しい。いろいろな経験もできるし、自分の能力を最大限発揮することもできる。営業であるが、仕事は多岐(たき)に渡るので、今までの経験が生かせないということもある。その都度考えて行動していくが、それも正解であればなお楽しい。ミスもあるので、小さなミスくらいであれば、別に問題もない。大きなミスになってしまうと、大問題になることもあるので、気を付けなくてはならない。

大和は道子に言った。

「この間の、クライアントの資料ってどこにありますか」

「私の机の引き出しにあるよ」

「ありがとうございます」

大和はお礼を言って、机から資料を出した。資料は枚数で言うと数十枚くらいになっているので、それをチェックしていくことは意外と大変であるが、大和は、その資料のチェックを始めた。道子はその資料をチェックしてあるので、心配はいらないが、大和が何かあったらば、道子に言うであろう。

「この資料見ていると、数字がすごいことになっているけど、これで合っている?」

「どうだろう。たぶん合っていると思うけど」

「この状態だと、クライアントと少し話し合わなくてはならないね」

「そうだね。連絡したほうがいいね」

大和は、はぁっと、ため息をついて、資料を片付けた。道子は、大和の言っていることが合っていると思って、少しクライアントについて考えなくてはならないと思った。詳細を連絡して、これからのことを話さなくてはならない。仕事を続けていくにあたって、問題となることは一つずつ片付けていかなくてはならない。クライアントも仕事を続けたいだろうから、問題については考えるであろう。

「クライアントに電話しないと」

大和は連絡先を探している。クライアントの連絡先はパソコンのファイルにあるので、それを探している。とにかくわからないことは相手に聞かなくてはならないし、決定事項もあるので、それの報告を受けなくてはならない。仕事は大変である。

道子は大和の様子を見ながら、大変だなと思いつつ、自分の仕事に取り掛かる。別のクライアントの資料の整理をしなくてはならず、結果をまとめるのも仕事である。プロジェクトについての結果をまとめていくのが仕事なので、それにはとても時間もかかる。プロジェクトの結果はどうなのか相手も知りたいので、報告書をまとめなくてはならない。道子はその仕事が多いので、意外と大変である。報告書は何枚にもなるので、作るのは大変だ。道子はやりがいも感じつつ、仕事をしている。

仕事をしながらのお昼になるので、いつもお昼は簡単に食べられるものにしている。サンドウィッチとか、おにぎりとかが多い。あまり時間がない時も多いので、さっと食べられるものにする。飲み物はいつもペットボトルのお茶を一本、朝、買っていく。それを飲みながら、お昼を食べるのが日課である。おにぎりとかであるとおかずが欲しいなと思うこともあるが、面倒なので、持ってこない。それでも、簡単に済ませるお昼は貴重な休み時間でもある。それなのに、仕事が忙しいと、お昼休憩が取れないということもあるので、そういうときは、諦めて仕事をすることにしている。毎日、お昼が短いというわけではないので、それでいいのである。おにぎりもコンビニで買っていくことが多い。大和がとなりでお昼を食べながらこう言った。

「今日はそんなに忙しくないね」

「そうですね。一旦、大きな仕事が一段落しているからですね。」

「今日はそれだけ?」

「これだけです」

「足りなくない?」

「そんなに動かないから足りますよ」

「そう」

「あまり食べたら太りますから」

「私は、お弁当一個くらいは食べるよ」

「そうですか」

大和は少し大きめのお弁当を広げている。道子はサンドウィッチのみである。

「スープとかも付けたいよね」

「そうですね」

「ポットがあるから、スープ持ってくればいいんだよね」

「でも面倒なんですよね、スープを買うのが」

「そうなの」

「コンビニでもそんなに時間がないし、選んでいたら、時間がたってしまう」

道子はスープを買うことはないみたいである。コンビニではサンドウィッチのみを買うのである。たまにおにぎりも追加することがあるが、あまりない。

お昼は一番の楽しみである。仕事をしていると煮詰まってしまうことも多い。毎日がしんどい、そんな風に思うこともある。そういう時でもお昼は一番の息抜きとなり、同僚との会話も楽しいひとときである。大和はご飯を食べながらこう言った。

「最近、疲れが酷(ひど)くて、寝つきも悪いんだよね。仕事ってきついよね」

「そうだね。でも、なんできついのかというと、八時間も働いているからなんだよね」

「そうなの」

「これが五時間くらいだったら、全然、楽なんだよね」

「そうなんだ。あまり気が付かなかった」

「八時間以上というのが、きつい理由なんだよ」

「そうか」

「アルバイトで五時間くらいであったら、そうでもないんだよね」

「正社員の私たちは、五時間というわけにはいかないからね」

「そうだね」

「八時間も働いていると、最後のほうはへろへろになっていたりするんだよね」

「休憩時間もあるけど、休憩にはなってないし」

「そうだよね。仕事の話とかしているもんね」

「仕事がそのまま続いている感じだよね」

「午後にも休憩あるけど十五分だしね」

「すぐ終わるよね」

「五時間だったら休憩も一回だけど、そのほうが絶対楽なんだよ」

「意外とサラリーマンでも、短時間だったり、日数が少なかったり、そういうもんなんだよね。働きすぎは良くない。しっかり働いているように見えるサラリーマンでも実は日数少なかったりするんだよ」

「だから何十年も出来るんだね」

「そういう人いるもんね」

「何十年も働いていると、いろいろなことを知っているから、もし敵にでもしたら、大変だよね」

「そうだね。私たちが知らないことまで知っているからね」

大和は美味しそうにお昼を食べている。少し大きめのお弁当はもうすぐなくなってしまう。

道子はサンドウィッチを食べているが、少しだけのために、すぐに食べ終わってしまう。

お昼は小一時間くらいはあるが、このように同僚と話をしているだけで、休憩は終わってしまう。休み時間ではあるが、休んでいるという感じではない。会話が弾むことも多く、話で終わってしまう。もうすぐ休憩は終わるので、時間をみながら、机の上を片付け始めた。

昼の休憩の後は、また仕事である。電話も多くかかってくるので、それに対応していくのも仕事である。クライアントからの電話は重要なので、しっかり対応していく。道子は電話の対応は少々苦手である。何かとっさに変なことを言ってしまいそうになるので、苦手なのである。

午後からは商談のため、外回りになっている。午後二時ごろには会社を出ることになっている。準備をして、会社を出る。大和も一緒に行くので、道子と大和は商談の相談をした。

いろいろな事項を決めていかなくてはならないので、二人で確認している。

会社を二人で出ると、外はいいお天気であった。会社の中にずっといると、外の様子がわからない。電車に乗って、商談の場所まで行く。商談の場所は相手の会社である。昼間の電車は思ったよりも混んでいる。いろいろな場所に行く人でいっぱいになっている。通勤時間帯ではないので、それほどでもないが、大和と道子は数分の乗車時間を無言で過ごした。

駅につくと、会社までは、数分の道のりであった。商談する会社は、路地を曲がったところにあった。ビルの三階である。ビルを入って、三階へ行く。大和と道子の二人で来ているので、二人は、会社の受付で、商談にきたことを言って、会議室へ入った。会議室に入って、待っている間、大和が言った。

「今日は、しっかり話をしないと、まとまらないからね」

「そうだね。資料を見ておこう」

「でも、会社でも見ていたから平気でしょ」

「もう一回見ておく」

商談についての資料を道子は見ることにした。商談について詳しく書いてある。一つ一つをしっかり見ておかないと、間違えたら、大変なことになる。資料は数十ページに及んでいるので、さーっと見ることにした。

まだ相手の方が来ないので、大和も資料を見ることにした。詳細をしっかり覚えておかないと、話ができない。

「もう少々お待ちください」

女性の社員が来て、言った。お茶の入ったお茶碗を置いていく。大和と道子はそのお茶を飲んだ。

「これ、少し違うお茶だね」

「なんだろう」

「さすがだね。お茶まで違うね」

「そうだね」

「どこかの外国のお茶じゃないの」

「なんだろう」

「確かそういうもの輸入していたような気がする」

「それならそうだね」

大和と道子はとても感心した。こういう会社ならば、商談もまともなものになると思った。会社によってはどうしようもない話になってしまうこともあるので、安心したのである。そうなってしまうと、大抵はうまくいかない。話がこじれてしまうこともある。話がこじれると、なんども会議をしなくてはならず、コストもかかる。どうにか簡単に済ませたいのが実情なのである。商談の詳細を確認して、相手の方を待っていた。話がこじれてしまうと、ややこしいので、こちらで詳しく確認しておく。

書類は数十枚に及んでいる。それを一枚一枚確認して、頭の中に入れておく。相手にも正確な情報を伝えなくてはならないので、それも確認している。なかなか商談は難しいので、大和と道子は話をしながら、打ち合わせをしっかりしなくてはならない。

「確認事項は大丈夫？」

「一応大丈夫」

まだ相手の方が来ないので、大和と道子は話をしている。

「書類の中で、不安なところはあるかな」

「今のところ平気だけど、話によっては、変更もあるかもね」

「変更を容認するのは、会社の会議で決めなくてはならないね」

「コストかかるね」

「後で、返事をする感じだね」

「そうだね」

商談の内容は難しい。細かい規定などもあるし、変更事項もあるかもしれない。変更事項は、会社に帰ってから、また決めていかなくてはならない。電話で済むことは電話で伝えるしかない。今日は、わざわざ相手の会社に来ているので、細かいところも話をすることができる。大きなプロジェクトなので、この仕事をしっかり進めなくてはならない。

「わからないところや不明なところはある？」

「今のところ、ここが、いまいち不明だね」

「それは、電話で会社に確認したほうがいいね」

大和は会社に電話をした。

「この数字が少し違うんですけど、このままでいいですかね」

「そのままでいいよ」

「わかりました」

大和は電話を切った。不明なところは確認がとれた。

そろそろ相手の会社の人が来る。緊張しながら道子と大和は待っていた。ドアが開いて、会社の人が入ってきた。

「今日はよろしくお願いします」

「お願いします」

「プロジェクトの件ですね」

「そうですね」

話はどんどん進む。いろいろな事項を確認していく。話をしているうちに、プロジェクトの詳細が決まってきた。これは手ごたえがある、そう大和と道子は思った。

「話はそれますが、うちの家内が、最近、本を出しまして」

「そうなんですか」

「ぼちぼち書いていたみたいなんですよ」

「へぇ」

「それがかなりの人気で」

「それはいいですね」

「人気があるから次もって感じなんですよ」

「すごいですね」

そんなこともあるんだ、道子はそう思った。売れたら、収入もあるのかな、そう思った。本を出すなんてすごいな、そう思った。それと少し羨(うらや)ましかった。道子はあまりそういうことは考えたことがない。そんな話を聞いて、少し衝撃だった。

「本が売れているんですか？」

道子は聞いた。

「そうなんですよ。人気でかなり売れているみたいで」

「収入にはなるんですか」

「印税があって、少しは入るみたいですよ」

本が売れているというのは、すごいな、そう思った。道子からしてみれば、そんなことは考えたこともないので、新しい世界の話である。

「奥さんは、家ではずっと書いているんですか」

「そうですね。時間があるときはずっと書いているみたいですよ」

「そうなんですね」

「完成するとそれを本にするために、いろいろ応募しているみたいで」

「へぇ」

「売れる本ならば、すぐに決まるんですよ」

「そうなんだ」

「最近はうちのかみさんが自慢で」

「そうですね」

「そのうち有名になるんじゃないかな」

「そうかもしれないですね」

「印税がたくさん入ってきたら、俺も楽なんだけどな」

「そうですね」

道子は印税が入るということを知った。どれくらい入るのだろう、たくさん売れたら、かなり入るのではないか、そう思った。

「プロジェクトについては以上になりますので、よろしくお願いします」

「よろしくお願いします」

「それでは終わりにします」

会議は終わった。道子と大和は帰る準備をして、相手の会社を出た。道子は大和に言った。

「本を出すなんて、面白いですね」

「そうだね。羨ましいね」

「印税もたくさん入ってくるし」

「そうだね。でも賢くないとできないね」

「そうですね」

「ちょっと興味が湧いたから、本屋でも寄っていこうかな」

「そうだね。帰りにね」

道子と大和は電車に乗り、会社へ向かった。プロジェクトの打ち合わせは完了した。会議はとても有効である。電話では話せないこともしっかり話すことができる。プロジェクトを遂行していくことは決まっているので、話し合いはとても重要である。

道子は大和に言った。

「この仕事はしっかり完璧にしなくてはならないね」

「そうだね。会社で報告しよう」

「上司の佐藤さんにも言わないと」

「そうだね。それと報告書もかかないと」

「報告書には細かくしっかり書こう」

「そうだね」

「一点だけ、不明なところがあったけど、それも後で確認しよう」

「そうだね」

道子は携帯を取り出して、メールを見た。他の仕事のちょっとした連絡が入っている。それに返信しなくてはならないので、電車の中で携帯をいじった。大和も携帯をみているが、メールが来ている様子で、返信している。

会社までは駅から数十分歩く。大和と道子はその道のりを話しながら過ごした。

大和は言った。

「プロジェクトの不明なところは、後で確認しなくちゃね」

「そうだね」

「わからないところはもう一度、相手の会社に確認しないと」

「会社でもう一度精査しなくてはならないね」

「上司の佐藤さんにも、報告するから、それもまとめないと」

「佐藤さんって、数件受け持っているから、大変なんだよ」

「私たちのだけじゃないのね」

「だから、あまり、トラブルを持ち込まないようにしないと」

「さらに大変になるもんね」

「そうだよ」

大和ははぁっと大きなため息をついた。

会社につくと、同僚の佐伯（さえき）さんが、話しかけてきた。

「今日、夜、みんなで食事するんだけど、道子さんもこない」

「いいよ。行くからね」

「いろいろな人が来るから楽しいよ」

「何時？」

「六時に会社の入り口に来てね」

「わかった」

「佐伯さんって、今日は残業しないの」

「今日は、食事に行くから残業はなしなの」

「平気なの？」

「今日は一応平気だから」

「そうなんだ」

「その代わり明日は大変」

「大変だね」

「そうだね」

「それなら、今日六時にね」

「六時ね」

佐伯さんはそれだけ言って、次の仕事へ行ってしまった。佐伯さんはたまに誘ってくれる。今回が初めてではない。その食事会もいつも楽しいものになっている。

道子は六時が楽しみになった。食事会にはどんな人がくるのだろう。たまに有名な人も居るから、面白いのである。人脈で、有名な人を呼んでみることがあるのである。来ないかと思うと、結構来てくれるので、面白い。以前はミュージシャンであった。いろいろ業界のことが聞けて楽しかったのを覚えている。

六時まではまだ数時間あるので、仕事を片付けなくてはならない。クライアントの資料の整理などをしようと思った。書類をファイリングしていくのも仕事である。資料は膨大な量になっていたりもするので、かなり大変である。その資料を作るというのも大変であるが、それを元に仕事を進めていくのも大変である。項目ごとに分けられていたりするが、それに目を通すのが、時間がかかる作業でもある。会議などではすべてを覚えていないといけないので、できる限りは覚えることにしている。数時間で仕事の整理などをするので、はやくしなくてはならない。六時まではまだあるので、それをすることにする。

六時になり、会社の入り口に行った。もういろいろな人が集まっている。ほとんど、会社の人なので、みんなで食事会の場所まで行くらしい。

「道子さん、この方、先方の会社の、佐藤さんです」

「よろしくお願いします」

「今日は食事会に呼ばれて、楽しみにしていました」

「そうなんですか」

「たまに有名な方が来ると聞いていたので、面白そうでした」

「そうですね」

「今日はどなたか居るのでしょうか」

「聞いたところによると、作家の御手洗文子(みたらしふみこ)さんが来るらしいですね」

「そうなんですか」

「鈴木(すずき)さんのお友達らしいです」

「そうですか」

「最近、ベストセラーを発売しているみたいですね」

「すごいですね」

「さすがですね」

遠くから鈴木さんがやってきた。

「文子さん、少し遅くなるみたいです」

「二時間くらいは居るでしょうから、平気ですね」

「そうですね」

鈴木さんはそれだけ言って行ってしまった。

これから集まった人たちで、食事会の会場のレストランへ行く。タクシーに分乗(ぶんじょう)して行くことにした。車で通勤している人は自分の車で行くことにしたので、別行動である。レストランまでは車で十分くらいであるので、かなり近い。タクシーに道子も乗った。

「今日の食事会は何人くらいなんですか」

道子は聞いた。

「だいたい二十人くらいの予定です」

「御手洗さんの本の発売記念も兼ねているんですよ」

「そうなんですね」

「最近、本を発売なさったので」

「そうですか」

「話題の本らしいです」

「へぇ」

「売れ行きもかなり良いみたいですよ」

「すごいですね」

「御手洗さんはたくさんの賞もとっているので」

「そうなんですね」

「いろいろなものを書いているので、面白いですよ」

「私も読んでみようかな」

道子は御手洗さんがすごいと思った。それととても羨(うらや)ましかった。御手洗さんはいろいろ賞をとっているらしい。有名なので、本の売り上げもすごい。ベストセラーを連発している。多分、忙しいと思うが、来てくれるらしい。どんな人だろう、道子は思った。よっぽど美人なのかな、そんな想像もしている。御手洗さんのことは知っていた。とても有名なので、作家であることも知っている。そんな人が来てくれるなんて感激だな、そう思った。

「御手洗さんの本って面白いよね」

「そうだね、有名だしね」

「意外と気軽に読めるからいいんだよね」

「固くならないし」

「通勤途中でも読めるよ」

「そうだね」

「気軽に読めるから読んでいる人は多いだろうね」

「文庫もあるから安いしね」

「そうだね」

「文庫ならば気軽に買えるからね」

「すぐ買っちゃうよね」

御手洗さんはそろそろ来るだろう。どんな人だろう、とても楽しみである。

みんなで食事会の会場に到着し、ぞろぞろとレストランの中に入った。ほとんどが仕事をしている人なので、明日も仕事がある。短い時間であるが、楽しいひと時である。お酒もほどほどにして、明日の仕事に備えなくてはならない。遠くから背の低い、小太りの女性が歩いてきた。

「御手洗さんだ」

誰かが言った。道子はこんな人なんだと思って、驚いた。思っていたよりも背が低い。道子よりも低い感じである。

「今日はありがとうございます」

「いえ」

「こちらです」

案内係の人が言った。道子は、すごい人なので話しかけたくなった。もし、チャンスがあれば友達になりたい、そう思った。御手洗さんは、背が低く、小太りであるので、思っていたよりも、小さい。美人であるかというとそうでもない。こういう人がベストセラーを書くのだなと道子は思った。チャンスがあれば御手洗さんに話そう、道子はそう思った。

レストランでは、着席をして、料理が来るのを待っている。道子の場所から少し遠いところに御手洗さんは居る。しばらくすると料理が運ばれてきた。道子はとにかくおなかがすいているので、料理をほおばる。隣にいる同僚が話しかけてきた。

「御手洗さんと話したいよね」

「そうだね」

「あとで、行ってみよう」

「そうしよう」

料理はどんどん運ばれてくる。道子はとにかくそれを食べている。お酒もあるが、明日仕事なので、あまり飲まない。他の会社から呼ばれている、望月さんという人が話しかけてきた。

「そちらの会社はどうですか」

「一応順調ですよ」

「私は、とにかく忙しくて、毎日疲れてしまうんですよね」

「私もですよ」

「家に帰って寝るだけです」

「そうですよね」

「子供がいるんで、休みは子供に付き合っているんです」

「そうなんですか」

「小学生だから、かわいいですよ」

望月さんはお酒を少し飲んで、笑っている。小学生の子供のことを考えて、携帯を取り出した。

「これが子供です。かわいいでしょ」

「かわいいですね」

「やんちゃだから、付き合うと大変なんですよ」

「そうなんですか」

「普段はあまり付き合わないので休みだけですね」

「いいですね。子供がいるのって」

「そうですよ。かわいいですよ」

「そうですね。将来が楽しみでしょ」

「将来、医者にでもなってくれればいいんですけどね」

「みなさんいいますね」

「そうですか」

「将来、しっかりした職業について欲しいですよね」

「そうですね」

望月さんは子供のことを思い出して、こういった。

「子供には、安定した生活をさせてあげたいですね。だから、今、しっかり働かないといけません」

「子供はかわいいでしょ?」

「そうですね。子供には頑張ってほしいと思いますね」

望月さんは、テーブルの上のお水を飲んでいる。食事は、豪華なパーティー料理であるので、それを皿に取り分けて、食べている。道子は御手洗さんがどうしているか気になった。御手洗さんは向かい側の端っこの席に座っている。道子からは遠い。どうにかして御手洗さんと話したいと思って、食べ終わったら席を移動しようと思った。

「御手洗さんと話がしたいな」

「そうなの。後で近くにいったら」

隣の同僚がそう言っている。同僚は、食事を食べることが目的のように、とにかく食べている。こういう会は話などをするのが目的である。

「御手洗さんの近くに後でいってみよう」

道子はそう言った。

向こう側にいる御手洗さんを見た。食事を食べている。隣の人と何か話をしているみたいである。小さい感じの御手洗さんは、少し威厳（いげん）がある感じである。

――さすがに作家は違うな

道子はそう思った。道子のイメージだと作家というのは、小難しい感じの人である。しかし、御手洗さんはそうではなくとても気さくな人であった。

そろそろ御手洗さんのところへ行こう、そう思って席を立った。ちょうど御手洗さんの隣が空いていたので、隣に座って、こう言った。

「会社員の道子といいます。御手洗さんですよね。本とても楽しみにしています」

御手洗さんは言った。

「そうですか。うれしいですね」

「本はどれくらいかかるんですか」

「一年くらいですね」

「ベストセラーもあってすごいですね」

「インターネットにもたくさん紹介されているんですよ」

「そうですね。見たことあります」

「この間、テレビにも出て、本の紹介したんですよ」

「そうなんですか」

「この間、発売した本がかなり売れているみたいで、だんだん在庫がなくなっているらしいです」

「そうですか」

「道子さんは会社員をして何年くらいですか」

「五年くらいは経っていますね」

「私も作家を始めてから、もう十年くらいになります」

「一応印税は入ってくるんですけど、生活は苦しいですね」

「そうですか」

道子は御手洗さんがとても気さくなので、安心した。御手洗さんはテーブルの上にあったお水を飲んでいる。道子も水を飲んだ。

「それでは席に戻りますので」

道子は言った。

「それでは」

道子は席を立って、自分の席に戻った。

――なんて、気さくな人だろう

道子は思った。

作家さんに会えるなんて、夢のようで、道子は嬉しかった。こういう会に出席するのは、それが楽しみでもあるからである。前回も、有名な方が居たので、こうやって話をすることができた。今回は作家さんである。

前回はテレビに出ている専門家の人が来ていた。テレビでコメントするのが仕事である。その人とも話をしたが、テレビに出ると一回二十万円くらいだと言っていた。専門の話をテレビでするので、準備も必要でかなり大変な仕事である。その人は何回もテレビに出てコメントをしていた。道子も見たことがある。そんな人と出会える会なので、いつも楽しみにしているのである。

作家さんのイメージというのは、どこか温厚で、落ち着いているイメージがある。道子は御手洗さんを見ていたら、イメージとそんなに変わりがないことに気が付いた。やはり温厚で落ち着いている。作家さんに出会えるなんて、とても嬉しかった。

「御手洗さんのところに行ってきたよ」

道子は隣の同僚に言った。

「どうだった？」

「気さくな人だった」

隣の同僚は笑っている。

「作家さんって意外と怖いんだよね」

「確かにそんな感じだった」

「平気？」

「大丈夫だよ。分かっているから」

「それならいいけど」

同僚は大笑いしている。平気かなとちょっと不安になった。それでも作家さんというのは素敵だし、すごいなと思った。

道子は作家さんに憧れを持った。自分は会社員だけど、そんな夢みたいなことはしたことがない。地道に会社員で働くのが日常である。会社員は嫌いではない。好きでもないが、働かないと生活出来ないし、毎日が暇になってしまうので、丁度よい。もし会社員をしていなかったら、とても暇である。会社員についてやりがいはある。毎日、少しくらいは楽しい。目標をもって仕事が出来るのも良い。

自分が会社員をしているのは、生活のためである。約十八万円のお給料で、一か月暮らすことになる。家賃はあまり高くないので、数万円である。お金がぎりぎりなので、あまり遊ぶことも出来ないが、たまに夕食を外で食べることがある。会社の近くに、美味しい和食のお店があるので、そこに寄ることもある。家賃を払って、光熱費などを払うと、残りは十万円ほどなので、それで一か月暮らさなくてはならない。あまり贅沢をしてしまうと、足りなくなるので、あまり贅沢は出来ない。道子は、贅沢出来ない環境であるが、その中で、楽しむことを念頭に置いている。

仕事の通勤だけではつまらないので、楽しいこともする。例えば、ゲームをしたり、本を読んだり、そういうことをして、やる気を出している。仕事だけではやる気が出ないし、嫌になってくることも多いので、そうやって、少しは楽しむことにしている。

通勤途中では、スマートフォンを見ていることが多いが、メールなども結構来る。それを見て、返信していくのが朝の日課である。夜中に来ることもあるので、朝、返信する。通勤途中でスマートフォンを見ている人というのはかなり多い。電車の中でも見ている人は多い。歩きながら電話をしている人も居る。きっと仕事の電話なので、しなくてはならないのであろう。重要な電話などは無視することが出来ないので、すぐに出ることにしているが、忙しい時などは出られないことも多い。そうすると後でかけなおすことになるが、それでも良しとしている。朝、スマートフォンを見ていると最新ニュースなども結構入っている。それを見るのも日課である。ニュースを見て驚いたり、笑ったりすることがある。

通勤途中ではいろいろな人が居る。本を読んでいる人、寝ている人、何か飲んでいる人。みんな疲れている様子で、寝ている人も多い。仕事は疲れるので、大変である。道子は、通勤していることが始めは楽しかったが、最近では面倒になっている。なるべく、短時間で通勤を済ませたい。電車ではなく、車などで行くことも考えるが、コストを考えると電車のほうがいいのではないかと考えた。同僚は車とかバイクのほうが安いのではないかという意見である。かなり微妙であるので、どちらにするか迷う。しかし、通勤するということが、仕事をするということと直結している感じもするので、電車で通勤している。電車に乗っている時間は十分くらいであるので、そんなに長くはない。

会社員をしていることについては、自分は納得がいっている。会社員をしていないと、生活出来ないし、何もしなければとても暇である。毎日、通勤して、帰って寝るだけでも、充実していると思える。仕事の内容までは、納得いかないこともあるが、それでも頑張って仕事をしているので、結果が出なくてもしょうがないと思っている。仕事の結果を追い求めるには、かなりの技量と頭脳がいるので、もし中途半端でも、しょうがない。

その代わり、あまりに責任ある仕事は受けないようにしている。補佐役に回るということが多いので、道子は、女性としてのワークスタイルを確立している。女性であるから出来るということもあるので、引け目に思うこともなく、女性であるから活躍できることを探して、仕事をしているのである。

男性の補佐をするということが、女性は良いと思っているので、そういうスタイルで仕事をしていくことが多い。雑用などはすべて補佐の女性がやればいいので、重要なことだけは男性が考えて行動していく。このスタイルで事業を進めていくが、道子はその補佐になることが多い。

男性の補佐をしていて思うことは、女性のほうが機敏であるということである。機転も利くし、女性のほうが気が利くのである。

道子は仕事を普段していて、一番気になるのは給料である。どれくらい給料が貰えるか、残業をどれくらい出来るか、残業をするとどれだけ給料が増えるか、それが一番気になる。

残業をたくさんしても、上限があるので、上限を超えると残業代は貰えない。残業代がつくと、かなり給料は多くなる。それが嬉しくて残業することもある。もちろん仕事が多いときだけなのだが、仕事が多いと自然と残業も増え、給料は増える。

仕事が多いというのは嬉しい。仕事がないというのは悲惨(ひさん)だと思っている。自分の役割もなくなるし、給料も減る。仕事が少ない時は給料は少なくなるのである。

　同僚が話しかけてきた。

「この間の、食事会で御手洗さんいたけど、サイン貰った？」

「貰ってない」

「私、サイン貰ったの」

「へぇ」

「これなの」

　同僚が見せてきた。このサインならば高く売れるのではないか、そう思った。

「これ、高く売れるんじゃないの？」

「そうかな」

「どれくらいになるだろうね」

「何十万ってなったりして」

「有名な人だから、欲しい人もいっぱいいるだろうね」

「めずらしいもんね」

「作家だしね」

「芸能人とかではないし」

「作家なんてすごいからね」

「そうだよね」

「作家のサインなんてそんなにないよ」

「希少価値あるね」

「そうだね」

同僚は喜んでいる。高く売れると思ったら嬉しくなったのだろう。

「作家って少し羨ましいね」

「そうだね」

道子は作家が羨ましくなった。自分が会社員であること、これで納得はいっているが、作家というのも、すごいものだ、そう思った。

御手洗さんはそれから会っていないが、道子はまた会う機会があったら、会いたいと思った。食事会にも呼んでもらいたくなった。

もっと作家の話を聞けば良かった、そう思った。どんな感じで作家をしているのだろう、想像していくと、さらに羨ましくなった。

道子はもともと本は読むが、文章を書いたことはない。仕事で書類を作成する際に文章を書くことがあるくらいである。仕事で書く文章は定型文が決まっていて、それに加えて、文章を追加するという仕事もある。書類を作成するので、きちんとした文章にしなくてはならず、苦労することもある。

今まで作った書類の数というのは膨大(ぼうだい)で、かなりの数を書いている。書いたものを上司に見せて、了承(りょうしょう)を得て配布したりもする。そういう風に書類を作成するのは得意なので、苦労することはあっても、失敗はあまりしない。

御手洗さんみたいに作家になれたらいいな、そう思った。自分も文章を書くことが仕事においてあるし、会社員と作家の二足の草鞋(わらじ)も良いのではないか、そう思った。

道子は同僚に言った。

「私も作家になりたいな」

「そうなの。私は読むだけでいい」

道子の性格からして読むだけでは物足りない。いつもは読んでいるだけであるが、今度、文章を書いてみようと思った。

今日の仕事は終わったので、家に帰ることにした。今日の残業は一時間だけである。少し早く帰れるので、夕飯を買って帰ることにした。

スーパーに行くと、会社帰りの人でごった返していた。それをかき分けて、総菜を買い、レジに並ぶ。レジでは、アルバイトの店員が奮闘(ふんとう)している。

「千五百九十円です」

店員は言う。お金を払い、商品を袋に入れて、スーパーを出る。

スーパーを出ると、今日は文章を書いてみようと思いついた。そのためのノートと鉛筆を買おう、そう思って、文房具屋に寄ることにした。

文房具屋はすぐ近くにあるので、そこに寄ってから帰る。文房具屋は意外と空いていて、早く買うことができた。

家に帰ると、まずテレビをつけて、夕飯の用意をする。今日は総菜とご飯だけである。夕飯を食べ終わると、さっき買ってきた、ノートと鉛筆を出して、何か書こうと思った。

御手洗さんみたいに作家になるにはどういう風に書けばいいのだろう。そう思いながら、鉛筆を動かした。テレビの音も遠のいて、文章と自分だけの世界になった。

鰥寡、紙糸を縒り函架を臨む

富士子は今年還暦になる。六十年生きてきて、今が一番楽しい。いろいろなことがあったが、子育ても一段落して、自分の時間が持てるようになった。子育て中は、自分の時間などなく、すべて子供のために費やしていた。子供が小さいうちは、子供の世話だけで終わっていたが、大きくなってからは、そんなに手がかからなくなった。自分で何もかもすることが出来るようになったので、富士子は楽になっていた。

富士子は今、パートをしている。給料は十二万円ほどである。時給なので、自分の予定と照らし合わせて、自由に時間が組めるようになっている。仕事に拘束される時間も限られていて、仕事の時間以外はかなり自由である。

仕事の内容は工場のラインである。朝、仕事に行くとまず作業着に着替える。ロッカーがあるので、そこで着替えることが出来る。工場なので、人と話をすることが少ない。黙々と作業をしていくのが日課である。

それでも、休みの日に何かすることが、今は一番楽しい。還暦になってからは、友達も増えたので、とても楽しい。工場で出来た友達も居るし、日ごろの生活の中で出来た友達も居る。子供の親同士で友達になっているのもある。

今日は工場で仕事である。朝、起きるとまず朝食をとる。窓を開けると日差しが眩しい。雲一つない空がとても美しく見える。遠くのビル群はキラキラと光っている。大きく伸びをして、テレビをつけた。朝食は菓子パンである。これが手軽でよいのである。作るのも面倒なので、菓子パンだけ食べる。二十代で結婚してから、ずっと食事を作ってきた。さすがに還暦になった今は作るのが面倒になっているので、食事はあまり作らない。手軽に済むものだけで食事をとっている。

夕飯は総菜やお弁当を買ってきて済ませている。コンビニやスーパーに寄って、夕飯を買ってくる。一日の食費は千円と決めているので、そんなに高いものは買わない。半額になっている総菜や弁当などを買うことが多い。一人分なので、そんなにかからない。

子供は大きくなって、家を出て行った。仕事や家庭を持ち、立派に社会人をしている。自慢の子供たちである。子供が大学生くらいの時は、授業料を払うためにパートに出たりもした。夫の稼ぎだけでは払えなかったからである。夫の給料はそんなに高くはなかった。

夫は会社員であった。しっかり仕事をし、家庭を守り、立派に働く人であった。ある時、夫が言った。

「今日はみんなで海に行こう」

子供たちは大喜びした。みんなで海に出かけることになったのだ。車を運転する夫は、みんなを乗せて、海へと走らせた。

海の近くに行くにはかなりの距離を走らせなくてはならない。時間にすると三時間くらいであろうか。三時間の車内はお菓子を食べて、ジュースを飲んで、大騒ぎであった。

もうすぐで海岸につく頃、富士子は言った。

「ちょっとコンビニ寄らない？」

みんなで食べるお菓子がなくなってしまったので、買い足すためである。

コンビニの駐車場に車を停めて、お菓子を買いに行く。店内に入り、あたりを見回すと、たくさんのお菓子があった。それをいくつか見繕（みつくろ）って、購入した。

海に来るということでお弁当は富士子が、朝、作った。五人分なので、かなりの量になった。大きなお弁当箱に五人分つめる。料理は結婚してからずっとしているので、お手の物である。

海は大きかった。子供たちがはしゃいでいる。夫はそれを眺めて嬉しそうである。富士子はお弁当などの用意をしながら、子供たちを眺めている。水着は持ってきていないので、砂浜で遊ぶだけであるが、楽しいのである。お弁当は砂浜にビニールシートをひいて食べることにする。子供たちは楽しそうである。

「お弁当にするよ」

富士子は言う。子供たちが寄ってくる。ビニールシートに家族五人で座り、お弁当を広げる。子供たちも夫も美味しそうにお弁当をほうばる。海に来るということなんて、そんなにないので、こうやって子供たちと遊ぶことは貴重な時間でもある。お弁当はすぐになくなってしまったが、あと少し砂浜で遊んでから帰ることにする。このような時間が富士子は好きである。

車に乗って家のほうへ向かう。これから三時間の長旅である。子供たちは相変わらずはしゃいでいる。車の中はとても賑(にぎ)やかである。三時間、夫は運転して、家へ行く。富士子は、助手席に座っているだけであるが、とても楽しい。

三時間で家へ着くと、みんな疲れて寝てしまった。

夫は家族と一緒に居ることが多い。仕事の休みは必ず家に居る。家事などをすることはないが、子供と遊ぶ。家事はすべて富士子がしている。休みには三食を富士子が作る。それを子供たちと、夫とみんなで食べる。子供たちは夫のことが好きなので、一緒に遊ぶことを喜んでいる。

夫の仕事はサラリーマンで、商社に勤めている。普段は残業も多く、帰りは遅い。残業代を貰うために残業して帰る。家族のために、少しでも給料を貰うためである。子供が三人だと、家計は苦しい。教育費などもかなりかかる。食費も五人分なので、かなりかかっている。

子供たちは食べ盛りなので、食費がとてもかかる。それを夫の稼ぎだけで、生活しているので、大変である。子供が大きくなったら富士子も働きに出よう、そう思っている。

子供が中学生くらいになり、富士子は働きに出ることにした。新聞の求人を眺めていると、スーパーの店員の募集があった。このスーパーは近所にある。よく行くスーパーである。近いので、すぐに行けるということで、ここに応募してみることにした。

ぼっーとしていると、新聞を縒(よ)っている自分に気が付いた。考え事をしていたのだろう。これからのパートをどうするか、考えていたのだ。とりあえず、スーパーに応募することにした。面接の電話がかかってきて、明後日の午後三時に行くことになった。面接には何を着ていこう、それを考えていた。やはり、しっかりスーツを着たほうが良い、そういう判断になった。スーツはこういう時のために用意してある。それを出してきて、明後日のために、着てみる。サイズは平気であった。

明後日になり、面接へ行く。スーパーは近いので、歩いて十分くらいである。一応、予定では一日四時間で、週三回。それを担当者に伝えなくてはならない。

小さいころ、紙糸(かみいと)を縒る遊びをしていた。それがこういうときになって、出てくるのである。ぼーっとしていると、手元の新聞を縒(よ)っている自分に気が付いた。

面接まではあと一時間なので、ぼーっとしている。そろそろ出かけて、面接に行ってくる。

スーパーは十分で着いた。事務所に入っていって、担当の人を探した。

「そこに座ってください」

担当の人は言った。

「出勤の希望などはありますか」

「一日四時間で週三回希望です」

「履歴書は持ってきていますか」

「はい」

「高校卒業してから仕事はしていますか」

「すぐに結婚して子供を産んだので、仕事はしていません」

「そうなんですね。仕事は教えるので、頑張って仕事をしてください」

「よろしくお願いします」

面接をして、仕事が決まった。スーパーのパートである。

「それでは明日からお願いします」

「十時から午後二時までで、昼休みは三十分です」

「わかりました」

明日から仕事になった。パートは初めてなので、少し緊張する。それでも家計を助けないといけないので、頑張ってパートをする。

次の日、十時に出勤した。十時ぴったりだといけないので、三十分くらい早く着くようにした。

「このエプロンしてくださいね」

「サイズは?」

「エルサイズです」

初めて、仕事をする。人生で初めてである。スーパーの仕事といえば、ほとんどがレジなので、まずレジを教えてもらう。

「簡単だから、すぐ覚えられるよ」

先輩のパートの方が言う。

「いらっしゃいませ、ありがとうございます、これはすぐに言ってください」

「いろいろなお客様がいるので、分からないことがあったらすぐに誰か呼んでください」

はじめてレジをするので少し緊張する。富士子は仕事をしていることが嬉しくなった。レジは、バーコードをスキャンするだけである。かごいっぱいの商品を一つずつスキャンしていく。慣れていないので、少しゆっくりであるが、やってみると簡単である。

レジは意外と簡単に出来る。ボタンを押すだけで何でも出来るし、バーコードさえあればよい。やっていると、バーコードのないものがあった。

「これはバーコードがないのですが、どうするんでしょうか」

富士子は聞いた。

「このボタンを押すんだよ」

先輩のパートの方が言った。

「簡単でしょ」

「そうですね」

「ありがとうございます」

富士子はお礼を言って、レジをまた打ち始めた。

三時間くらい経ったころだろうか。休憩時間になった。

「休憩だから、抜けていいよ」

先輩のパートの方が言っている。

「休憩後はまた戻ってくればいいですよね」

富士子は聞いた。

「そうだよ。戻ってきてね」

「わかりました」

富士子は休憩をするために事務所のほうへ向かった。事務所は奥のほうにあるので、そこまで行かなくてはならない。

事務所に入ると、他のパートの人がお昼ご飯を食べていた。机があるので、そこで、富士子もお昼を食べる。パートの人が言った。

「最近、入ったんですか」

「そうです。今日からです」

「私もまだ三か月しか経ってないからね」

「そうなんですか」

「仕事を覚えなくてはならないから、最初は大変なのよね」

「そうですね。慣れれば平気ですよね」

「そうだね」

「私もまずはレジからやっていたからね」

「私もです」

「そのうち、品出しとか、他のこともやるから」

「そうですね」

パートの人はお昼を食べながら言っている。

「よろしくね」

「こちらこそよろしくお願いします」

富士子は、他のパートの人も同じなんだな、そう思った。お昼を食べ終わると、まだ時間があるので、携帯を取り出して見ていた。

休憩が終わり、またレジのほうへ向かう。

「さっき教えたことを思い出して、頑張って」

先輩のパートの人が言った。

　富士子はレジを打ち始めた。お客さんがどんどん来る。バーコードを手際よく打っていく。レジは初めてであるが、そんなに難しくない。先輩のパートの人も居るので、分からないことがあれば聞けばよい。

「ありがとうございます。千五百三十円です」

　お金を扱うので、少し緊張する。間違えてはいけない。おつりを渡して、次のお客さんに移る。レジにはたくさんの人が並んでいる。

　たくさんの人が並んでいるので、早くしなくてはならない。まだ始めたばかりなので、そんなに早くは出来ない。戸惑っていることもあるので、焦ってしまう。富士子はそれでも、頑張ってレジを打っている。

　初めての仕事はこんな感じなんだな、富士子は少し嬉しくなった。子供もいるので、家計を助けなくてはならない。少しでも足しになるようにパートをすることにした。パートで稼げるのは八万円ほどなので、それでも食費くらいにはなる。それでもいいから、仕事をしよう、そう思った。夫の稼ぎと富士子の八万円で、生活することが出来るので、頑張って続けていこうと思った。夫の稼ぎは二十万円ほどである。それに八万円を加えて、子供三人で暮らす。二十万円だけでは生活が苦しかったので、パート代は少し足しになる。これから教育費もかかるので、パートを増やすことになるかもしれないが、そうすればかなり楽になるだろう。生活が苦しいというのは、分かっていたことなので、自分がパートに出れば楽である、そう思っていた。やっと子供が大きくなり、パートに出ることが出来るようになったので、これから自分が頑張らなくてはならない。

食費は子供がいるのでかなりかかる。教育費もかなりかかる。夫の給料は多いわけではないので、富士子が頑張らなければならない。本当は一か月五十万円くらいは欲しいところである。食費はなるべく節約して、食材も安いところで買うが、かなりかかるのは変わらない。

そのことに気が付いたのは子供が三人できてからなので、今からパートに出るしかないのである。はじめは家計簿なども付けずに適当にやっていた。なんだかお金がないなとは思っていたが、あるとき、家計簿をつけてみた。そうしたら、かなりの金額がかかっていたのである。そのことに驚き、これからパートをしよう、そう思った。子供が大きくなってからがいいと思っていて、その時が来たのである。

子供が大きくなったので、パートに応募した。初めての仕事なので、緊張しているが、初日は、なんとか出来た。これからこんな毎日が続くのかと思うと、心配になってくるが、それでも生活のために働かなくてはならない。子供を育てるにはお金がかなりかかるというのは子供が三人出来てから気が付いた。三人の子供を育てるには大変な労力がかかる、それを感じている。夫も、子供がいるので頑張っているが、二十万円ほどなので、実はそれだけでは足りないのである。教育費もかなりかかるので、富士子が頑張らなくてはならない。想像以上にお金がかかる、これが感想である。これからもっとかかると気が付いたので、あわててパートに出ているのである。しょうがないので、仕事をしなくてはならない。

「いらっしゃいませ、こちらへどうぞ」

かごを置くように促す。お客さんは言われた通りにかごを置く。一点ずつバーコードをスキャンして、手際よく、処理していく。

「二千五百三十円です」

「お箸が欲しいんですけど」

「わかりました。何本ですか」

「二本です」

「駐車場のご利用はありますか」

「ないです」

次から次へとお客さんがやってくる。途切れることはない。休むのは休憩時間だけである。

「そろそろ休憩時間だよ」

「わかりました。後はお願いします」

交代をして、休憩に入る。

まだ数日しか経ってないので慣れてはいない。休憩室のほうへ向かい、ロッカーのほうに行った。ロッカーは初日に割り振って貰った。小さいロッカーであるが、手荷物くらいは入る。自分のロッカーがあるのがなんだか嬉しかった。

ロッカーから水筒を取り出し、まず麦茶を飲んだ。とにかく話していることが多いので、喉が渇く。この水筒だけでは足りない気がした。

もし足りなかったら、ここのスーパーでペットボトルのお茶を買えばよい。簡単である。お弁当は、来るときに買ってきた、コンビニ弁当である。

コンビニ弁当を買うと五百円はかかる。それでも、作るのは億劫(おっくう)なので、コンビニ弁当にしている。子供たちがいる場合は料理をしないと、お金がかかるので、しょうがなくて料理をしているが、自分の分だけの場合はよいのである。一人分であれば買えばよいので、楽である。家族五人分を作るのは意外と大変なことなので、一人分だけであれば作らなくてよいのである。コンビニ弁当も安いものもあるので、選ぶことが出来る。好きなものを食べてもよいし、安いものを食べてもよい。

お昼には、他のパートの人もいる。食べながら話をすることもある。

「今日はお客さん少ないね」

「雨だからね」

「雨だと楽でいいね」

「そうだね」

「お客さんも雨だと来るのが大変だからね」

「バイクとかだとかなり無理だしね」

「自転車も無理だね」

「そうだよね」

雨なのでお客さんは少ないみたいである。

「こういうときにトレーニングとかして欲しいね」

「そうだね。暇だからね」

「品出しも教えて欲しい」

「とにかく商品出せばいいんだよ」

「そうか」

「出して綺麗に並べれば」

「そうなんだ」

「そんなに難しくないよ」

「でも少し教えて欲しい」

「そうだよね」

富士子は品出しをまだしていないので、少しくらいはしてみたいと思った。入ってすぐなので、まだレジだけである。

「品出ししてみたいな」

「そうだね」

「まだレジだけだからね」

「教えてくれればすぐにできるね」

「そうだね」

「そのうちすることになると思うよ」

「そうか」

今日は雨なので、少し暇であるが、雑用もたくさんあるので、それをしている。いろいろなものの補充や、レジの分からないことを教えてもらったり、することはたくさんある。

雨でも、忙しいので、日ごろはもっと忙しい。そういう仕事を選んだわけであるが、富士子は初めての仕事でとても嬉しくなった。これからお給料が貰えて、仕事をすることが出来る、それを考えると気分が高揚してきた。

今まで仕事はしてこなかった。若くして、すぐに結婚したので、仕事は一切していない。夫は仕事をしているので、その稼ぎで生活してきたが、足りないので、パートに出ることにしたのである。子供も少し大きくなり、スーパーのパートくらいならば、出来るようになっていたので、始めることにしたのである。

子供が少し大きくなると暇な時間も増えてきた。この時間をパートにしたら、家計が助かる、そう思った。簡単なものならばすぐに出来るし、特に正社員になろうとは思っていない。まだフルタイムで仕事が出来るわけではないので、数時間のパートのほうがいいのである。

子供がさらに大きくなったら、もっと仕事をしていこう、そう考えている。夫の稼ぎだけでは足りないというのが現状であるので、すぐにでもパートを始めたかった。計算すると数万円くらいにはなるし、食費くらいは稼げるわけである。それだけでもかなり助かるので、頑張って仕事をしていくことにしたのである。これからの富士子の人生は仕事で終わってしまいそうだが、それでもいいいと思った。

今日も朝から仕事なので、準備をして家を出た。スーパーに着くとすでに同僚が居た。

「今日も大変なのかな」

「そうだね。大変なのかもね。お客さん多いかもしれないし」

「晴れているからね」

「晴れると多いからね」

「最近、卵がすごく売れているみたいなんだよね」

「仕入れ大変だね」

「あまり増やすことも出来ないから、夜になると売り切れているらしいよ」

「そうなんだ」

「陳列するのも場所がいるからね」

「陳列している棚をきれいに並べるのも結構難しいんだよね」

「そうなんだ」

「富士子さんはまだ品出ししてないからね」

「そうだね」

「品出ししてみると、どれだけ売れているかわかるよ」

「そうなんだ」

「食料品はかなり売れるから、品出しも大変だよ」

「まだレジしかしてないから」

「レジもかなり慣れてきた?」

「そうだね」

そろそろ時間なので、レジのほうへ向かう。レジを準備して、お客が来るのを待った。しばらくすると、お客がたくさんきて、並んでいた。

一つずつバーコードをスキャンしていく。もう、かなり慣れてきたので、簡単になってきている。トラブルもなく、次のお客さんになった。

今日は五時間の予定である。五時間、ずっとレジである。五時間もレジにいると、たくさんのお客さんがやってくる。人数にすると、百人くらいであろうか。そんなにたくさんの人に会うのは初めてだった。

「そろそろ上がりの時間だからね」

先輩のパートの人が言っている。

「わからないことがあったら聞いてね」

「わかりました」

「今、わからないことある？」

「今のところないです」

それだけ言って先輩のパートの人は行ってしまった。富士子はこれから仕事を上がって、家に帰るのである。家に帰れば、子供たちもいるので、賑(にぎ)やかである。

スーパーを出て家へ向かう。今日も働いたので、かなり疲れた。でも子供たちのことを考えると、仕事をしなくてはならない。仕事をスーパーにしたのは気軽に出来るからである。それに今まで全く仕事をしてこなかったので、難しいことは出来ないのである。

あまり難しくないスーパーのパートをすることにしたので、そんなに緊張もしていない。

「ただいま」

富士子は家に着いた。

「おかえり」

子供たちが言っている。

これから子供たちの夕飯を作って、食事をするのである。材料はスーパーで買ってきた。帰りの時間なので、特売のものがたくさんある。

半額などになっている食材で食事を作る。夕飯を作るには、三十分くらいはかかるであろう。子供たちは食事ができるのを待っている。夫もそろそろ帰ってくる時間である。富士子は急いで、夕飯を作る。手の込んだものは作れないが、簡単にできるものを、何品か作った。

「夕飯だよ」

子供たちに言った。子供たちは食卓に集まってくる。夫も帰ってきた。夫も加わって、夕飯を食べるのである。

「今日は仕事だったから、簡単に作ったからね」

富士子は言った。子供たちはあまり聞いていない様子で夕飯を食べている。数十分くらいで夕飯は終わった。夕飯の片づけを富士子は始めた。人数が多いので、お皿はたくさんある。夫も夕飯が終わり、富士子は一安心した。明日もパートである。始めたばかりなので、パートはまだ少し緊張する。それでも、家計の足しになることなので、頑張って仕事に行くのである。

明日はまたパートである。今日は早めに寝ることにした。朝になり、朝食を作り、子供たちを学校へ送った後、パートに出かけた。

スーパーは近いのですぐである。スーパーに着くと、同僚が話しかけてきた。

「シフト、もう出した?」

「まだだけど」

「早くしたほうがいいよ」

「そう?」

「そのほうが評価がいいから」

「そうなの」

「シフト決めるのがかなり大変で変更したりする人もいるから、しっかり決めて、シフトを出したほうがいいの」

「そうなんだ」

「まだ入ったばかりだから、大目にみてくれるだろうけど、長くなるとそうはいかないからね」

「そうか」

「長くなると少しのことで言われるし、あまりひどいとダメだからね」

「そうなんだ」

「入ったばかりは大目にみてくれるけどね」

「そう」

「少しの失敗くらいだったら全く平気だからね」

富士子はレジに向かった。今日もお客さんがたくさん来るであろう。いろいろな人がいるので、それに対応していくのが、少し難しい。自分で処理できない場合は、誰か呼ぶこともある。仕事をして給料をもらうのがこんなに大変なこととは、知らなかった。夫が仕事をしているが、きっと大変なんだろうな、そう思った。

レジでは袋をつけてあげるのだが、買い物の量を見計らって、袋の枚数を決めていかなくてはならない。それが富士子にとっては難しいことだった。かごの量を見て、袋が何枚くらいか、見当をつける。間違えてはいけない。だから富士子は多めに袋をつけることにした。

特に、多めにつけてください、と言われているわけではない。それでもそうしたほうが、失敗は少ないので、そうすることにした。

お客さんの要望も出来る限り聞くことにしている。いちいちわがままを言う人もいるが、それでも、また来てくれたらいいので、心を広くして、聞いてあげることにしている。

着々とレジを打つ。トラブルはあまりない。結構いい人ばかりだな、そう思った。一日レジを打って、今日も仕事が終わった。

一か月経ったころ、お給料日が来た。初めてのお給料日。わくわくしながら、給料明細を見た。金額は八万五千円だった。少ないなと思ったが、それでも自分で働いたことが嬉しかった。これならば、食費くらいにはなる、そう思った。食費くらいにはなるので、続けていこうと思った。子供たちの教育費などもかなりかかるので、食費を稼げるのはかなり良い。諸経費のみを夫の給料で払えばいいので、食費は富士子の稼ぎで支払っていく。

富士子の家庭の家計簿はぎりぎりである。夫の稼ぎが二十万円ほどなので、少しは貯金して、あとは雑費で消えてしまう。食費は富士子の稼ぎでやるので、そのほかは夫の稼ぎでやることになる。子供の教育費もかかり始めているので、もし大学などに行くことになったら、ローンなどを組まなくてはならないかもしれない。そうなる前に少しずつ貯めることにはしている。とにかく子供は三人いるので、みんなが大学に行くとなるとかなりかかるのである。家も買ってしまったので、家のローンもある。ローンは月々五万円の支払いなので、夫の二十万の稼ぎから出している。本当にぎりぎりなので、富士子のパートの稼ぎは重要なのである。八万五千円だと少ないと思うかもしれないが、そうではない。月々かかる費用からすると、八万五千円はかなり足しになるものである。富士子はそう思っているので、パートに出ているわけで、少ないからとは思っていない。

いずれは正社員でしっかり働きたいが、まだ子供が中学生と小学生なので、今は無理である。子供がもっと大きくなったら、出来るかもしれない。高校生くらいになれば、大丈夫であろう。今はお金がないが、そのうちしっかり働いて、もっと稼げるようになりたい。夫もがんばってくれているので、私もがんばらないと、と思っている。八万五千円は生活費ですべて消えてしまうが、それでも、前よりはよいのである。子供が小さいうちはまだいいが、少し大きくなってくるとお金もかかるので、このパート代は重要なものになるだろう。スーパーのパートは長くは続かないかもしれないが、仕事はずっとしていきたい。そのうちしっかり働いて、がんばって、子供を成人させたいものである。成人すれば子供が勝手にやるので、それまでの辛抱である。

しばらくして、パートを初めて半年になった。仕事も慣れて、何でもできるようになっている。やはり給料は八万円ほどで、食費くらいは出せるようになっている。富士子の稼ぎが、生活の足しになっているのである。子供も大きくなったら、正社員で働きたい、そう思っている。夫も頑張ってくれているので、生活は安定している。早く子供が大きくならないかな、そう考えていることもしばしばである。朝、スーパーへ行ったら、同僚が話しかけてきた。

「富士子さん、今日は早上がりだからね」

「そうなんですか」

「人件費削減で、パートが増えているから、早上がりになったんだよ」

「はぁ」

「だから今日は三時間だからね」

「わかりました」

富士子はこれは困ると思った。八万円ほどのパートが減ってしまう。それならば、たくさん入れよう、そう思った。

今は週四回くらい入っているが、週五回にしようと思った。そうすれば早上がりの分も稼げるので、増やせばいいのである。また同僚が話しかけてきた。

「私も早上がりになるから、増やそうと思っているんだよ」

「そうなんですか」

「富士子さんも?」

「そうですね」

「もしかすると駄目かもしれないけど」

「そうですね」

「でもそれでも増やしとけば平気かもしれないからね」

「私も増やしときます」

「多分、平気だと思うけど」

「もしかすると駄目かもしれませんね」

「そうだね」

「早上がりでも良いならば、そのままでいいしね」

「私は生活があるので、増やしとかないといけませんね」

「子供いる?」

「そうです。子供がいます」

「それは大変だわ」

「そうなんですよね。頑張って働かないと」

「夫も頑張ってくれているので、私も」

「そうだね」

同僚はそれだけ言って、行ってしまった。もうすぐ始業である。

早上がりで給料が減るというのは、生活に大きな影響が出る。やはりパートであるので、そういうこともある。富士子はしょうがないなと思って、週五回に増やすことにした。今日もレジを五時間打つのが仕事である。

一日が終わり、家へ帰ると珍しく、夫は早く帰っていた。

「今日、具合悪くて、早めに帰ってきたんだよ」

「そうなの、平気?」

「疲れが溜まっているからね」

「とにかく早く寝て、明日もあるからね」

「大丈夫?」

「子供たちが先に寝て、すぐに俺も寝るからね」

「わかった」

夫はかなり疲れている様子であった。仕事も残業が多く、帰りが遅いことが多いので、こんなに早く帰るなんて珍しいことである。

朝になり、子供たちも学校へ行き、夫も仕事に出かけて行った。今日は富士子は休みなので、買い物にでも出かけようと思っている。

スーパーへは週四回くらい行っているので、食料品の買い物は帰りに済ましている。その他の衣料品などの買い物に行こうと思った。

家の前から出ているバスで行くことにした。駅ビルの洋服屋に行くことにしている。バスは数分待っただけでバス停に来た。

富士子はバスに乗り、駅のほうへ向かった。バスは意外と人が沢山乗っている。こんなに人がいるんだなと、久しぶりに買い物に出たので、驚いたが、家族以外にはあまり会っていないし、スーパーではお客さんしかみていないので、そのほかの人を観察してしまった。

次のバス停で八十歳くらいのおばあちゃんが乗ってきた。富士子は座っていたので、席を譲ろうと思った。

「どうぞ、こちらへ座ってください」

富士子はおばあちゃんに言った。

「ありがとう。腰が悪くてね」

「あぶないですからね」

「ありがとう」

おばあちゃんはお礼を言って、席に座った。

「今日は孫のところへ行こうと思ってね」

「そうなんですか」

「そろそろ具合も悪くなってきたからね」

「はぁ」

「元気なところを見せたいからね」

「そうなんですか」

おばあちゃんはしばらくすると、降りて行った。富士子は、まだ中年くらいなので、そんなに歳をとるというのはどういうものだろうか、想像してしまった。私はそのくらいの歳ではどんな感じなんだろう、そう思ったら、なんだか、日ごろがとても大変だと思った。子供も大きくなったら楽だろうな、そう考えると大きくなっていくのが嬉しくなった。

駅に着き、駅ビルの洋服屋へ向かう。今日はバーゲンであるという告知があったので、その時間に来たのである。バーゲンではとても安く、洋服が買える。日ごろあまり買えていないので、今日は自分の洋服を数枚買っていく予定である。

色々見ていたら、数百円のジャケットがあった。これにしよう、富士子は思った。三枚ほど洋服を買って、お店を出た。他にも必要なものがあれば買っていこう、そう考えて、いろいろなお店を見ることにした。見ていると、子供用の帽子があった。

「これ、うちの子に買っていこうかしら」

富士子は言って、帽子を買うことにした。帽子は数百円であるが、三人分なので、少し高くなった。考えてみると合計で数千円になっている。これでは富士子のパート代だけではやっていけない。もう買うのをやめて、帰ることにした。

家に着くと、夫がまた早く帰っていた。

「今日も具合が悪くてね」

「そうなの」

「疲れているから寝るよ」

「わかった」

明日、富士子はパートである。子供たちも帰ってきて、夕飯を済ませ、すぐに寝ることにした。

そうして、富士子はパートを続けていくことにした。そうすれば教育費も生活費も、平気なのである。八万円のパート代はかなり役に立っている。少ないと思わないで続けていくことが大事である。考えてみると八万円であったら、年間九十六万になるので、かなり生活の足しになるのである。

パートを始めてから十年ほど経ったある日、上司から言われた。

「もう来ないでください。解雇です」

「どうしてですか」

「そろそろ、人件費も削減しないと」

「わかりました」

富士子はパートを辞めることになった。十年くらい働いていたので愛着はあったが、家の近くなので、買い物には来るわけで、特に来ないというわけではない。

それに十年も働いていると、次へ行くということも視野に入れていかなくてはならないのは事実である。それを納得していたので、パートは辞めることになったのである。

すでに子供たちも大きくなり成人している。手がかからなくなっている。富士子はもう正社員で働きたいな、そう思った。

子供たちは大学へ進学することにしたので、教育費もかかっている。パートは辞めてしまったが八万円では足りないので丁度良い。二十万円くらいもらえる、正社員で働きたい、そう考えていた。

求人をみて、正社員の募集を探した。どれも十八万円ほどで、二十万円にはならない。正社員といっても、給料はあまり多くないと富士子は思った。

ある、印刷会社の正社員に応募することにした。電話をして面接までこぎつけた。スーツを着て、面接に行こうと考えて、スーツを買った。初めてスーツを買ったのである。

黒のスーツなので、冠婚葬祭にも着られるかな、そう思った。面接は明日三時である。

印刷会社までは家からバスである。バスで二十分くらいで着く。

「はじめまして。富士子です」

「どうぞ」

「なぜうちで働こうと思ったのですか」

「家から近かったのと、かなり教育費がかかるので」

「わかりました」

面接は二十分くらいで終わった。

「結果は電話しますので」

「わかりました」

富士子は電話がいつくるのか気になったが、すぐであろうと予想して、家に帰った。

電話がいつくるのか気になりながら、家事をした。しばらくすると、電話がかかってきた。

「うちでよろしくお願いします」

「わかりました。いつから出勤でしょうか」

「明日からはどうですか」

「そうします。よろしくお願いします」

「明日の出勤は八時ですので、あと、いろいろ書類もあるので、印鑑を忘れないでください」

「わかりました」

明日から印刷会社で働くことになった。ここでは正社員なので、給料は十八万円ほどである。やっと今まで思っていた、正社員で、働くことができるのである。富士子はとてもうれしくなった。

朝になり、出勤の準備をして、家をでた。バスで二十分くらいなので、始業の一時間前くらいに家をでた。

「おはようございます。今日からよろしくお願いします」

富士子は挨拶をした。

「今日からなので、いろいろ書類もあるから」

そう言われて、事務所に行った。

「通勤の経路なども提出してもらうからね」

「わかりました」

富士子は初めての正社員なので、緊張しているが、それでもこれで生活が安定すると思うと、嬉しくてしょうがなかった。

印刷会社には月二十日の出勤である。残業も少しあるらしい。事務職をすることになっているので、パソコンが使えなくてはならない。

パソコンのところに座って、書類作成や、電話応対などの作業をして、一日が終わった。こんな毎日が続くと思うと、大変ではあるが、嬉しくなったのである。

子供が成人しているので、もう手がかからない。夫は具合が悪そうであるが、会社へ行っている。

ある日夫が言った。

「具合が悪いから病院へ行くから」

「一緒に行く？」

「そうだね」

夫に付き添って、病院へ行った。

病院では、かなり待たされたが、自分の番が来た。

「具合が悪くて、どうでしょうか」

「すぐに検査をしましょう」

検査が始まった。しばらくすると、結果が出たらしく、名前を呼ばれた。

「すぐに入院ですね」

「そんなに悪いのですか」

「そうですね。危険な状態です」

夫はすぐに入院することになった。

夫のことが心配で夜も眠れなかった。明日も病院へお見舞いに行くことにしている。

突然病院から電話がかかってきた。

「だんなさんが危険な状態です。すぐに来てください」

「わかりました。すぐに行きます」

病室に入ると夫はすでに亡くなっていた。

子供も三人いるし、これからどうすればいいんだろう、そう思って、とても悲しくなった。

家では大泣きをして、夫を見送ることになった。

生活していかなくてはならないので、子供のこともあるし、落ち込んではいられなかった。正社員の仕事は辞めていたので、すぐに仕事を探さなくてはならなかった。富士子は鰥寡になったのである。悲しんでも居られない、すぐに仕事を探して、がんばらなくてはならない。

ある日、買い物がてらにショッピングモールへ行った。そこには書店があった。珍しく、富士子は書店に入った。

子育てで忙しく、本を読む余裕などなかった。もう何十年も本を読んでいない。久しぶりに本を手に取った。函架を眺めて、いろいろな本を手に取った。こんなことは富士子にとっては珍しいことであった。

数冊本を買って、書店を出た。とても久しぶりで、なんだかそわそわしてしまった。

とにかく仕事をしなくてはならないので、求人をみた。工場の仕事があった。ここにしよう、そう思って、応募することにした。

工場は意外と近くにあった。

「求人を見て、応募することにしたのですが」

「わかりました。面接をしますので、明日、工場へ来てください」

「何時ですか」

「午後一時です」

「受付がありますので、そこで面接であることをおっしゃってください」

「わかりました」

面接が決まった。工場はパートなので、給料は安いが、時間の融通が利く。明日、面接に行くことになった。

「面接に来たのですが」

「九番の会議室に来てください」

会議室へ行くと、面接をする社員が座っていた。

「どうして応募したのですか」

「生活のためです」

「どうぞよろしくお願いします」

三十分くらいで会議室をでた。すぐに採用が決まって、工場の勤務が始まった。

富士子はもうすぐ還暦になる。六十年はとても忙しかったが、子供たちも成人して、立派になっているので、安心している。あとは自分のことだけである。

工場へ行く途中、かなりのお年寄りに声をかけられた。

「具合が悪くてね」

「そうなんですか」

「それでも買い物行かないといけないからね」

「そうですね」

「大変だけどしょうがないね」

「そうですね」

「あなたはいくつくらいなの?」

「もうすぐ還暦ですね」

「あら、私とあまり変わらないじゃない」

「そうですか」

そのお年寄りは富士子をみて笑っていた。

著者プロフィール

紀島　愛鈴（きじま　あいりん）
１９７６年（昭和51年）栃木県生まれ。その後、神奈川県で育つ。捜真女学校高等学部卒。東邦音楽大学音楽学部ホルン専攻を中退後、専門学校ＥＳＰミュージカルアカデミー音響アーティスト科ＰＡ・レコーディングコースを中退。結婚し、主婦業、勤務、パソコンの業務などをしながら、アーティスト名愛鈴で音楽ＣＤを発売。音楽配信も開始。
１９９４年からマクドナルド、１９９９年から山崎製パン、２０１４年から日通横浜運輸に勤務。
著書に『あっこちゃんと月の輪』（幻冬舎）『人生なんとかなるもんさ』（セルバ出版）『尋常の黄昏に成る』（つむぎ書房）がある。日本文藝家協会会員。

葉擦れて早咲きなる筆立て

2021年2月15日　第1刷発行

著　者　　紀島 愛鈴
発行者　　つむぎ書房
〒103-0023　東京都中央区日本橋本町2-3-15
共同ビル新本町5階
電話　03(6273)2638
https://tsumugi-shobo.com/

発売元　　星雲社（共同出版社・流通責任出版社）
〒112-0005　東京都文京区水道1-3-30

ISBN978-4-434-28453-3　C0093